Unnecessary
equivalents
—— Adaption from
literature to film

本，而且和与之相关的新媒体也早已成了我们日常生活中必不可缺的部分，它虽没有取代文字，却逐渐有凌驾其上之趋势。我们只能从这些复制品——如电影——去重寻文学经典的灵光。

学价值。我绝非厚此薄彼，只是有一种"动力"在驱使自己作这种回溯式的研究，

……从学术的立场而言，或可勉称是一种跨学科的尝试。

用艰深理论，务求既通俗又启蒙……但说到最后，走火入魔的人还是我自己。

Unnecessary
equivalents
—— Adaption from
literature to film

主编／丁帆 王尧

不必然的对等
——文学改编电影

李欧梵

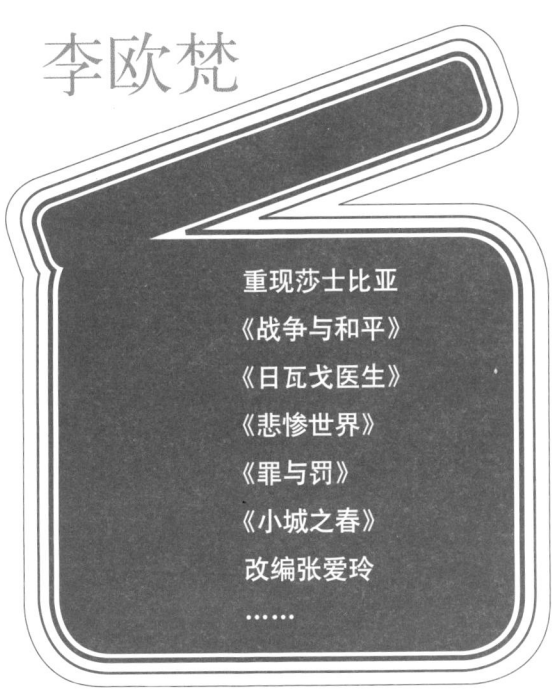

重现莎士比亚
《战争与和平》
《日瓦戈医生》
《悲惨世界》
《罪与罚》
《小城之春》
改编张爱玲
……

人民文学出版社

图书在版编目(CIP)数据

不必然的对等:文学改编电影 / 李欧梵著. —北京:人民文学出版社,2017
(大家读大家)
ISBN 978-7-02-012568-5

Ⅰ.①不… Ⅱ.①李… Ⅲ.①散文集—中国—当代 Ⅳ.①I267

中国版本图书馆 CIP 数据核字(2017)第 060313 号

责任编辑	文　珍
装帧设计	刘　静
责任印制	王景林

出版发行	人民文学出版社
社　　址	北京市朝内大街 166 号
邮政编码	100705
网　　址	http://www.rw-cn.com
印　　刷	三河市西华印务有限公司
经　　销	全国新华书店等
字　　数	148 千字
开　　本	880 毫米×1230 毫米　1/32
印　　张	7.5　插页 1
版　　次	2017 年 10 月北京第 1 版
印　　次	2018 年 6 月第 3 次印刷
书　　号	978-7-02-012568-5
定　　价	42.00 元

如有印装质量问题,请与本社图书销售中心调换。电话:010-65233595

目 录

建构生动有趣的全民阅读　　　　　　　　丁帆　王尧　1

导论：改编的艺术　　　　　　　　　　　　　　　　1

第一部分　莎士比亚的重现与再重现
四个版本四种阅读：从《哈姆雷特》到《王子复仇记》　3
角色决定论：三部《奥赛罗》的电影表述　　　　　20
五十年代《惑星历险》：《暴风雨》的科幻演绎　　　27

第二部分　名著改编电影——不必然的对等
一流和二流小说：英国十九世纪文学电影　　　　　35
必然的缺失：细谈《战争与和平》之改编　　　　　52
看电影不如看原著：《安娜·卡列尼娜》透视人生真谛　70
被放大的爱情：比读《齐瓦哥医生》的小说与电影　84
文学电影之形神合一：珍·奥斯汀的两部经典　　　89

可能是改编最多的名著:雨果的《悲惨世界》　　　　95
白描手法刻画灵魂深处:海明威的《老人与海》　　　100

第三部分　改编个性之演绎

忠实、执迷与超越:一人有一个卡夫卡　　　　　　107
经典与平庸:两部《一树梨花压海棠》的对读　　　119
《迷失决胜分》:活地·阿伦式的《罪与罚》　　　　129
此情不渝,至死方休:李安的《断背山》　　　　　 135
二流小说拍出神采:重访《苏丝黄的世界》　　　　140
毛姆和《彩色面纱》:"爱在遥远的附近"?　　　　147

第四部分　吃力不讨好——谈中国文学名著之改编

最难拍的现代文学作品:从五位中国作家说起　　　157
国片不及粤片:重读曹禺的《雷雨》与《原野》　　175
壮观的空洞:《赤壁》作为改编反例子　　　　　　180
光环背后的负担:从《小城之春》说起　　　　　　187
气氛和细节:张爱玲小说的改编问题　　　　　　　192
借影像吸引年轻一代窥观历史:
　　看李仁港《三国之见龙卸甲》　　　　　　　　198

后记　　　　　　　　　　　　　　　　　　　　　201

建构生动有趣的全民阅读

丁帆　王尧

"全民阅读"的前提条件,是引领广大读者进入生动有趣的接受层面,否则难以为继。"大家读大家"丛书便应运而生。

"大家读大家"丛书的策划包含着这样两层涵义:邀请当今的人文大家(包括著名作家)深入浅出地解读中外大家的名作;让大家(普通阅读者)来共同分享大家(在某个领域内的专家)的阅读经验。前一个"大家"放下身段,为后一个"大家"做普及与解惑的工作,这种互动交流的目的就是想让两个"大家"来合力推动当下的"全民阅读",使其朝着一个既生动有趣,又轻松愉悦获得人文核心素养的轨道前行。

在我们的记忆中,儿时读《十万个为什么》,在阅读的乐趣中潜移默化地获得了一些科普常识并且萌生了探究世界的好奇心。这是曾经的"大家"读"大家"的历史。我们常与一些作家、批评家同仁闲聊,谈起一些科学家为普及科学知识,绞尽脑汁地为非专业读者和中小学生写书而并不成功的例子,很是感慨。究其缘由,我们猜度,或许是因为长期以来我们培养的科学家缺少的正是人文素养的熏陶和写作技巧的训练,造成其理性思维远远大于感性思维,甚而缺少感性思维以及感性表达方式。在更大的范围看,多年来文学教育的缺失,导致国民整体文学素养的凝滞,从而也造成了全社会人文素质的缺失。这是当下值得注意并亟待改变的文化危机。

于是,我们突发奇想,倘若中国当下杰出的人文学者,首先是一流作家和从事文学研究的专家学者换一种思维方法和言说方式,他们重返文学作品的历史现场,用自身心灵的温度和对文学的独特理解来体贴经典触摸经典解读经典,解读出另一种不同凡响的音符;在解读经典的同时,呈现自己读书和创作中汲取古今中外文史哲大家写作营养的切身感受,为最广大的普通作者提供一种阅读的鲜活经验……如此这般,岂不快哉!这既有利于广大普通读者充实人文素养和提高写作水平,更有益于提升民族文化核心素养。

因此,我们试图由文学阅读开始,约请包括文、史、哲、艺四个学科门类术业有专攻的优秀学者,以及创作领域里的著名作家和艺术家分别来撰写他们对古今中外名家名著的独特解读,以期与广大的读者诸君共同携手走进文化的圣殿,去浏览和探究中国和世界瑰丽的文化精神遗产。

现在与大家见面的第一辑文丛,是一批当代著名作家的读书笔记或讲稿的结集。无疑,文学是文化最重要的基石,一个国家和民族可以缺少面包,但是却不能没有文学的滋养。文学作为人们日常精神生活不可或缺的人文营养补给,她是人之生存和持续发展的精神食粮。作为专家的文学教授对古今中外名著的解读固然很重要,但是,在第一线创作的作家们对名著的解读似乎更接地气,更能形象生动地感染普通读者。——这是我们首先推出当代著名作家读大家的文稿的原因。

如今,许多大学的文学院或中文系都相继引进了一批知名作家进入教学科研领域,打破了"中文系不是培养作家的摇篮"的学科魔咒。在大学里的作家并非只是一个学校的"花瓶",他们进入课堂的功能何在?他们会在什么层面上改变文学教育的现状?他们对于大学人文教育又有什么样的意义?这些都是绕不过去的问题。其实,这是中国现代大学的一个传统,我们熟悉的许多现代文学大家同时也是著名大学的教授。这一传统在新世纪得以赓续。十年前复旦大学中文系聘请王安忆做创作专业教授的时候就开始尝试曾经行之有效的文学教育模式。近些年许多大学聘任驻校作家;北京师范大学成立了由诺贝尔文学奖得主莫言主持的国际写作中心,苏童调入北师大;阎连科、刘震云、王家新等也进入中国人民大学文学院。

在策划这套丛书的过程中,我们做了一个课堂实验,在南京大学请毕飞宇教授开设了一个读书系列讲座,他用自己独特的感受去解读中外名著,效果奇好。毕飞宇的课堂教学意趣盎然、生动入微,看似在娓娓叙述一个作家阅读文本时的独特感知,殊不知,其中却蕴涵了一种从形下到形上的哲思。他开讲的第一篇就是我们几代人都在初中课本里读过学过的名作《促织》,这个被许许多多中学大学教师嚼烂了的课文,却在他独到的讲述中划出了一道独特的绚丽彩虹,讲稿甫一推出,就在腾讯网上广泛传播。仔细想来,这样的文本解读不就是替代了我们大中小学师生们都十分头疼的写作课的功能吗?不就是最好的文学鉴赏课吗?我们的很多专业教师之所以达不到这样的教学效果,最根本的原因就是他们只有生搬硬套的"文学原理",而没有实践性的创作经验,敏悟的感性不足,空洞的理性有余,这显然是不能打动和说服学生的。反观作为作家的毕飞宇教授的作品分析,更具有形下的感悟与顿悟的细节分析能力,在上升到形上的理论层面时,也不用生硬的理论术语概括,而是用具有毛茸茸质感的生动鲜活的生活语言解剖了经典,在审美愉悦中达到人文素养的教化之目的。这就是我们希望在创作第一线的作家也来操刀"解牛"的缘由。

丛书第一辑的作者,都是文学领域的大家。马原执教于同济大学,他们在课堂上对中外作家经典的解读,几乎是大学文学教育中的经典"案例",讲稿出版后深受广大读者的欢迎。哈佛荣休教授李欧梵先生,因学术的盛名,而使读者忽视了他的小说家散文家身份。李欧梵教授在文学之外,对电影、音乐艺术均有极高的造诣,其文字表达兼具知性与感性。收录在丛书中的这本书,谈文学与电影,别开生面。张炜从九十年代开始就出版了多种谈中国古典、现代文学,谈外国文学尤其是俄罗斯文学的读书笔记,他融通古今,像融入野地一样融入经典之中,学识与才情兼备。阎连科在当代作家中是个"异数",他的小说和散文,都以独特的方式创造了另一个"中国"。如果读者听过阎连科的演讲，就知道他是在用生命拥抱经典之作。他对世界文学经典的解读另辟蹊径，尊重而不迷信，常有可圈可点之处。才华横溢的苏童，不仅是小说高手，他对中外小说的解读，细致入微，以文学的方式解读文学，读书笔记如同他的小说散文一样充满了诗性。叶兆言在文坛崭露头角之时，就是公认的学者型作家，即便置于专业人士之中，叶兆言也是饱学之士。叶兆言在解读作家作品时的学养、识见以及始终弥漫着的书卷气令人钦佩。王家新既是著名诗人，亦是研究国外诗歌的著名学者，他用论文和诗歌两种形式解读国外诗人，将学识、情怀与诗性融为一体。——我们这些简单的评点，想必会赢得读者的认同。我们将陆续推出当今著名作家解读中外大作家的系列之作，以弥补文学阅读中理性分析有余而感性分析不足的遗憾，让更多的普通读者也能从删繁就简的阅读引导中走进文学的殿堂。

无疑，不少从事文学研究的学者也擅长于生动的语言表达，他们对中外著名作家作品的解读在文学史的定位上更有学术的权威性，这类大家读大家同样是重要的。但我们和广大读者一样，希望看到的是他们脱下学术的外衣，放下学理的身段，用文学的语言来生动地讲解中外文学史上的名人名篇。

在解读世界文学名人名篇之时，我们不但约请学有专攻的外国文学的专家学者执牛耳，还将倚重一批著名的翻译大家担当评价和解读名家名作的工作，把他们请进了这个大舞台，无疑是给这套丛书增添了一道亮丽的风景线。新文学百年来翻译的外国作家作品可谓是汗牛充栋，但是，我们的普通阅读者由于对许多历史背景知识的欠缺,很难读懂那些煌煌的世界名著所表达的人文思想内涵,在茫茫译海中,人们究竟从中汲取到了多少人文主义的营养呢?抱着传播世界精神文化遗产之目的,我们在"大家读大家"丛书里将这一模块作为一个重头戏来打造,有一批重量级的学者和翻译大家做后盾,我们对此充满信心。

近几十年来,许多史学专家撰写出了像黄仁宇《万历十五年》那样引起了广大普通读者热切关注的历史著作,用生动的散文笔法来写历史事件,此种文章或著作蔚然成风,博得了读者的喝彩,许多作家也参与到这个行列中来,前有余秋雨的文化大散文《文化苦旅》,后有夏坚勇的历史大散文《湮没的辉煌》和《绍兴十二年》。我们试图在这套丛书中倡导既不失史实的揭示与现实的借镜功能,又笔墨生动和匠心独运的文风,让史学知识普及在趣味阅读中完成全民阅读的使命。这同样有赖于史家和作家们将春秋笔法融入现代性思维,为我们广大的普通读者开启一扇窥探深邃而富有趣味的中外历史的窗口,从中反观历史真相、洞察人性沉浮,在历史长河中汲取人文核心素养。

哲学虽然是一个枯燥的学科,但它又是一个民族人文修养的金字塔,怎么样让这个可望而不可即的灰色理论变成每一片绿叶,开放在每个读者的心头呢?这的确是一个难题,像六七十年前艾思奇那样的普及读本显然已经不能吊起当代读者的胃口了。我们试图约请一些像周国平那样的专家来为这套丛书解读哲学名家名作,找到一条更加有趣味的解读深奥哲学的有趣快乐途径,用平实而易懂的解读方法将广大读者引入中国哲学和西方哲学名人名著的长河中,让国人更加理解哲学与人类文化休戚相关的作用,从而对为什么要汲取人文素养有一个形而上的认知,这恐怕才是核心素养提升的核心内容所在。

艺术本身就是有直观和直觉效果的学科门类,同时也是拥有广大读者群的领域,我们有信心约请一些著名的专家与创作大家共同来完成这一项任务,我们的信心就在于许多作者都是两栖人物——他们既是理论家,又是艺术家,在美术、书法、音乐、舞蹈、戏剧、电影、电视……各个艺术门类里都有深厚的人文学养和丰富的创作经验。

感谢人民文学出版社大力支持这套丛书的出版,相信他们会把这套丛书打造成一流的普及读物。"大家读大家"是一个长期而艰巨的工程,我们将用毕生的精力去打造她,希望她成为我们民族人文核心素养提升的一个大平台,为普及人文精神开辟一条新的航道。

导论:改编的艺术

一、我的"后启蒙"书写

我写这本书,有一个潜在的目的,姑且称之为"后启蒙":经由现今来重新认识过去,也经过电影来重新认识文学,特别是中外文学的经典。我"启蒙"别人,也启蒙自己——温故而知新,自我增值。

这个后启蒙的"后"字,也至少有两个含义:一个指的当然是现今的所谓"后现代"社会,特别是在我书写的场地——市场和商品挂钩的香港;另一个"后"字则指的是"后"来居上的学问——电影,我认为现今已经是我们由电影来重新认识文学经典的时候了。电影非但"后来居上",早已成了大众消费的媒体(也逐渐不分雅俗),而且在这个后现代社会中,这个媒体和与之相关的新科技媒体(如影碟、图片、电视、网络等)也早已成了我们日常生活中必不可缺的部分,它虽没有取代文字,却逐渐有凌驾以文字为主的文学的趋势。

然而"后来居上"并不表示新的比旧的更好，而是我们的日常生活的习惯改了，必会影响到所谓"品位"问题。平日浸淫在各种大众媒体的人，已经不能辨别什么是好、什么是坏，往往以价钱的贵贱为准则，当然"名牌效应"更不在话下，这个现象众所周知。而后现代的文化理论也并不能帮助我们培养识辨的能力，它把重点放在消费，而不在生产；重"工业"而不重"创意"，把整个全球社会"物质化"和商品化的景观视为理所当然，连带也影响到对于电影的研究。据我所知，目前在西方学界，研究电影和文学关系的学者并不多，其中只有极少数人是对于文学有极深修养的，纽约大学的罗拨·史谭（Robert Stam）教授是其中的佼佼者，所以我当然要参阅他的几本著作，作为我个人"理论"的出发点。

史谭有一个观点，我十分同意：二三十年前（或更早）研究此类问题时，学者往往把文学视为首位，先入为主，因此改编文学经典注定不成功；所谓忠实于原著（fidelity）的问题，成了传统理论家最常用的尺度，所以史谭要反对，我也赞成他的反对意见。〔注一〕史谭把文学和电影放在平等的地位，甚至更偏向电影，认为它是一种较文学更"多声"体的艺术。史谭借用了一个名词来形容"改编"关系：palimpsest，字典上的定义指"古代将原有的文字刮去重写新字的羊皮纸或其他书写材料"，换言之，如果羊皮纸上原有的文字可以喻作文学原著的话，改编就是刮去重写。而原有的文字，他又用另外两个更抽象的理论文字（抄自法国理论家 Gérard Genette）来表述：文学原典是一种 hypotext，改编后的影片则是一种 hypertext，我暂且把这两个名词译作"前潜本"和"后现本"；"潜"指的是潜存或残存，甚至只剩下躯壳或痕迹的原本，在时间上它必产生于前，而改后显现出来的文本，则是在上面加上去的东西，所以是"后设"，然而与"前文"仍然产生某种辩证关系。

这种理论游戏非我所长。然而即便是史谭也不会完全料到目前香港的现象——"原本"或"前本"根本没有人理会了，在大众的集体意识中根本不存在，换言之，在一切皆是媒体复制的过程中，班雅明所说的"灵光"（aura）早已失明了。

我们只能从这些复制品——如电影——去重寻一些文学经典的灵光，甚至还不一定捉摸得到。在视觉媒体凌驾文字媒体的香港，年轻人已不知经典为何物，甚至连书店以廉价出售的文学经典平装本也无人问津。

作为一个受过文学训练的影迷或影痴，我不能自僭为电影学者，但近年来不知不觉地却写了不少关于老电影（内中不少是改编自文学经典的电影）的文章，想引导有心读者在重温旧片之际回归文学，但这种"回归"并非绝对肯定所有原著的文学价值，有的原著（如"007"铁金刚的小说系列）并不见得好，甚至改编后的影片——如《铁金刚勇破间谍网》（*From Russia with Love*, 1963）反而成为电影中的经典（见后文），所以我绝非厚此薄彼，只不过觉得有一种"动力"在驱使我作这种回溯式的研究，也许免不了有点老年怀旧的情绪吧（我也曾为此写过一本书:《自己的空间——我的观影自传》),但也不尽然,从学术的立场而言,或可勉称是一种跨学科的尝试。

写完这一段转弯抹角的前言,似乎可以言归正传了。但仍须稍稍交代一下我的研究方法。

二、文学与电影关系

电影和文学的关系,实在难以简单道明。不少理论家曾为这两种艺术作"本体论"式的描述。在一般人的心目中,文学的本体是文字,电影的本体是影像。文字又由字和句组成,串联在一起,遂而产生内容,但语言学上仍把内容和形式分开,严格来说,西方语言学理论所说的符旨(signifier)和意旨(signified)仍在语言的层次,并未涉及内容,而一般读者则只看内容,不管形式。电影亦然,一般观众只看影片中的内容情节,并不注重电影本身的意象和接剪技巧,所以如果先看文学作品再看改编的影片的话,就会觉得影片的内容浅薄多了。但西方的文学和电影理论家则往往单从形式本身着手,认为形式构成内容,甚至后者是为前者服务,这就产生了一个很大的分歧。

我想采取一个较折中的方法,内容和形式并重,但形式绝对不是内容的工具;我也扬弃所有"主题先行"和上纲上线式的先入为主的政治宣传或说教的论调。至少,我觉得这种方法有助于了解电影和文学的对等关系,特别是当我们从改编后的影片来追溯和推论原来的文学经典的时候。

现今观众看的都是有声片,特别是荷里活传统影响下的有声片,而忽略了默片。有声片可以用旁白,一定包括大量对话,所以和小说的戏剧的形式,比默片接近一点,而默片虽有字幕,但还是用影像来说故事。不少早期的西方电影理论皆以默片为主要材料,俄国形式主义的大师史克洛夫斯基(Viktor Shklovsky)在一篇经典论文 *Literature and Cinematography*(英译变成一本小书)中,就特别指出——电影其实是一种符号(semiotic)式的艺术,它的"连贯性"是假的,它是观众视觉上的"误觉":菲林连在一起从放映机投射出来的动作(motion)像是不停地在动,其实不然。换言之,"电影只能处理动的符号",而在内容意义上根本无法表达所谓"陌生化"(defamiliarized)的文学语言。他当时十分重视电影这个新媒体,但对早期默片改编文学作品的尝试则嗤之以鼻。后来的法国电影理论家——如梅兹(Christian Metz)——亦从这种形式主义立场作"结构主义"的论述,一切形式至上,几乎不谈内容。

我想这种理论本身就是一个二十世纪西方现代主义的趋势:在文学上变成了"语化转向"(linguistic turn),而在电影的研究上又如何?过度地重视电影本身语言的独特性,则无形中忽略了"呈现"或"再现"(representation)现实的问题。荷里活的剧情片,大多是写实片,中国的老电影亦然,更遑论五四小说。现实如何用电影的语言来呈现或再现?在电影理论中,巴赞(André Bazin)——也是法国新浪潮派导演的教父——是经典人物,他的"深焦距长镜头"(deep-focus long-take)理论为人津津乐道,至今仍然是研究荷里活老电影最适当的理论,我在本书中自不免俗,亦会稍稍提及,有所发挥。

总而言之,我不拟把抽象理论故意套用在我的研究上,而是从甚多的个案例子中看出——或悟出——一些浅显的道理,以便有助于普通读者和影迷观赏电影和阅读文学。

且先从电影谈起。

三、荷里活剧情片的模式

一部普通的剧情片,一定有一个故事情节。严格地说,故事又和情节不同,前者可以泛指影片背后的故事——包括神话、传说、历史和社会现象中的材料——而后者则指影片作品中的故事,英文称为 plot,但在一般人心目中两者往往混为一谈。任何一个文化传统中都有不少"大故事",其主题结构往往会被各种作品引用并改头换面,所以,在最广义的层次,几乎所有的作品都是从几个大架构或主题中"改编"出来的,因此有的理论家说:所谓文化上的深层结构,特别是神话和传说,是一切故事的源泉。

本书中所说的"故事"则较有现实性,指的是古今现实生活中的材料,也用之不尽,取之不竭,文学和电影从中取用的更多。从生活的故事变成小说或电影的情节,是一个"叙事"(narrative)的过程,日久也形成各种类型和结构,小说和荷里活电影尤然。文学和电影理论家不知有多少人在这方面花上精力,著书立说。

从这个"叙事"的角度而言,文学(特别是小说)和电影(特别是剧情片)确有不少共通之处:二者都是在有限的时间内说一个故事。所以十九世纪西方写实主义的小说,被改编成电影的最多,譬如狄更斯(Charles Dickens)的《苦海孤雏》(*Oliver Twist*)就被多次搬上银幕,还改编成歌舞剧,又据此再改编成歌剧片。(妙的是自从晚清时期西方小说被介绍到华土后,小说类中也以林琴南翻译的狄更斯小说最为有名。)

这并不表示十九世纪的小说中的人物逼真、故事生动,所以才容易被接受,其实狄更斯的小说内容十分琐碎,改编成电影并不容易,当中必须删减不少细节。从荷里活剧情片的立场看来,其基本情节架构和这种小说往往暗合,它们都包含几个不可或缺的因素:人物有身世,行为有动机,故事有结局,而叙事必须直线进行,即便是倒叙,也把时间的先后秩序注明,不可能事情还没有发生就先"先叙"起来,那是"后现代"式的技巧。最重要的是:情节有始有终,中间有转折,结尾前有高潮,把情节和人物中的冲突解决了,或悲或喜,有时更会在高潮时作正邪、忠奸或明暗的强烈对比,高潮结局后则恢复"正常"。

这是一个典型的经典模式,可见于无数部荷里活影片之中——从二十世纪初的格里菲斯(D. W. Griffith)默片直到六七十年代的剧情片,形成了一种强大的类型(genre)——"大类型"下又有"次类型"(sub-genre),这在郑树森教授的巨著《电影类型与类型电影》中有详细而深入的分析,此处不赘。

值得特别指出的是:有些荷里活的类型电影有时拍得比原著更好,如侦探片、歌舞片或西部片(前文所说的改编自十九世纪写实小说的,大多是与伦理或言情有关的文艺片)。黑色电影(Film Noir)的侦探片讲求气氛,直接可以用灯光和阴影的光暗黑白对比镜头表现出来,有时非文字所能描述,它对观众的感官刺激远较小说为直接。歌舞片备极声色之娱,更不必利用文字描写了。而西部片呢?例如尊福(John Ford)只把那个"大碑谷"(Monument Valley)的浩瀚原野拍出来就足以胜过数页的文字描写。总而言之,这类"类型片"的基本情节必须用电影影像来营造,不必用太多对话。

对话显然是剧情片的必要因素,所以在荷里活黄金时代(约自二十世纪三十年代至六十年代)出产的文艺片中对话特多,片中演员不少是来自英国,所以改编十九世纪英国的小说驾轻就熟,何况有些英国演员〔如李察·波顿(Richard Burton)〕受过演莎翁剧的训练,念起台词来铿然有声,《埃及艳后》(Cleopatra,1963)是一个最明显的例子,片中的三大明星除波顿外还有伊利莎伯·泰莱(Elizabeth Taylor)和历士·夏理逊(Rex Harrison)——都是英国人。

然而这一个英美联手(英国演员、美国导演)的文艺片模式并非改编文学经典的最佳组合,拍起改编法国小说的电影,就牛头不对马嘴了。史谭在他的一本书中特别举出改编福娄拜(Gustave Flaubert)的名著《包法利夫人》(Madame Bovary)的三部影片为例,当中以荷里活制作的那一部同名之作(1949)最离谱,但也自有其特色,因为它完全依照荷里活原有的剧情片传统拍摄的,把女主角的感情冲突放在前台,戏剧味十足,但完全失去了福娄拜小说中的冷酷和客观,小说描写爱玛·包法利在法国乡村的生活,调子是很闷的,她只能从阅读浪漫小说中幻想自己的将来,在影片中又如何可表达?况且该片导演云逊·明尼利(Vincente Minnelli)是一个歌舞片高手,因此特别把片中的一个舞会场面处理得有声有色(并请名家 Miklós Rózsa 为本片写了一首圆舞曲),饰演爱玛的女主角珍妮花,钟丝在这场戏中搔首弄姿,出尽风头,然而在原著小说中,她在这场舞会中初出茅庐,只是一个小角色而已,与影片中所呈现的完全不同。

况且福氏惯用的"自由间接文体"(Free Indirect Speech,从客观进入角色主观意识)在片中也荡然无存,因为此非荷里活影片的惯例,旁白(voice over)也不多用。到了法国导演查布洛(Claude Chabrol)改编此片时(1991),则用了不少旁白,以作这种叙事技巧的替代。

据史谭研究,第一次改编这本小说的法国片(1933)是由大导演雷诺亚(Jean Renoir)执导,电影原长三个半小时,后来受片商所迫减为两个小时,但毕竟是高手,导演在沉闷中不忘抒情——田野景色拍得有如印象派的画,而且用了法国舞台剧的几位名演员,无形中以戏剧取代了小说中的文学书本。

我引了这个例子,为的是说明各国电影文化传统本身的局限性,改编文学作品时是否能与原著产生某种文化上的契合,大有关系。史谭在书中旁征博引,以跨文化的手法旁及拉丁美洲的巴西和古巴,但偏偏没有涉及亚洲和中国。因此无法处理中西文化之间的改编问题,这就更复杂了。

四、中国电影的传统

由此可以先谈谈中国老电影。我曾多次提到:二十世纪三十年代的中国老电影在技巧上受荷里活影片影响甚深,虽然主题和内容大致上还是写实性的社会资料。其他学者也曾指出:三四十年代的中国电影的剧情结构,是所谓的"通俗剧"或"煽情戏"(melodrama),也就是照着前面所述的荷里活文艺片模式,特别加强高潮中的正邪对抗和明暗两种势力的冲突,如果结局是悲剧,则赚人眼泪;如是喜剧,则必以大团圆作结局(大团圆又是中国传统戏曲中的典型结局)。这个老电影传统中的佳片甚多,诸如《神女》(1935)、《马路天使》(1937)、《十字街头》(1937)、《万家灯火》(1948)、《乌鸦与麻雀》(1949)等。其剧情架构如出一辙:总有一个好人受坏人折磨致死,而意旨也很鲜明,坏人就是社会恶势力的代表。正面人物大多是纯洁的,即便是团圆结局,也会几经磨难。而受难的主因就是不公平的社会和战乱,这一方面集其大成的是《一江春水向东流》(1947)。

在三十年代影片的另一个传统是演技十分夸张(当然也有例外,如阮玲玉),因为演技源自话剧传统,甚至不少左派编剧人才(如田汉、夏衍)也来自话剧界,所以处理对话时甚有话剧味。如果纯从电影艺术的角度而言,还是相当粗糙的。然而如何又能如此感动当时的观众？我认为就是由于这种"粗糙性"，可以把影片内外的世界熔为一炉，让观众随时联想到与自己切身相关的事物和亲情。这种感情作用，恰好符合了那个时代人们的"感情结构"(structure of feeling)或"集体回忆"，外国人是体会不到的，所以我当年在七十年代美国的柏克莱重看《一江春水向东流》时，不少华人观众泪流满面，而美国观众半途离场的却不少。

其实，我认为这也是荷里活影片传统模式的特色：它尽一切可能把观众的情绪诱入片中的真实境遇之中，但这种"片中(diegetic)情"并不一定和外在现实完全一致。后文当会细说。

三十年代通俗剧的传统也有一个"变数"，就是费穆的《小城之春》(1948)，我认为它是中国影史上最了不起的影片，早已超过原著小说。我曾写过一篇《光环背后的负担：从〈小城之春〉说起》(也列入本书后部)，此文刊出后受到原著作者李天济的小儿狠狠批评，认为我把该片编剧和导演混为一谈，一切功劳归于费穆，是不公平的。不错，我的确没有留意到原作，然而这篇小说早已被费穆改得体无完肤，所存的仅是骨架而已，所以我才会有此"误读"，在改编的问题上，我并不把原作列为优先，而是从费穆的影片本身悟出内中的文学韵味。

这就不得不提到片头上主角的旁白了，我认为这种做法虽然似在模仿五四小说，但并不煽情。鲁迅在他的短篇小说《伤逝》中故意把这种煽情主观叙述夸大，以作反讽，但还是出自男主人翁的声音，费穆却用了女主角的旁白，显示出一种独特的女性视角。我不相信原作者有此能耐,可以用这种方式说故事。电影在旁白语言和镜像互动的处理上,超越了任何一部老电影。我可以大胆地说:这部影片是中国影史上最有文学味道的作品,全片像是一篇散文气息甚浓的短篇小说,但它毕竟并非改编自文学名著。

另一个异数是五十年代的粤语片。它本应该更接近岭南通俗文化,可是为什么从更精英式的五四现代小说取材?当然这和当年的香港左派电影圈背景有关,像李晨风等较优秀的导演,都曾在广州或内地其他地方直接受过五四文学的陶冶和训练,然而即便如此,拍出来的片子还是需要符合本地观众的口味,不能曲高和寡,因此内中自然形成与其他本地通俗文化产品(如粤曲)相通的表现形式。有心的学者大可比较几个个案,例如巴金的名著《家》,改编成国语片《家》(1941)(剧本出自曹禺之手)和粤语片《家》(1953)时,有何异同?应该不只是语言问题吧。我在本书中将作初步探讨。

总而言之,中外剧情片的传统复杂而多元,但对当代电影依然影响甚大,不能忽视;至少,它提供了多张典型的"羊皮纸",得以使当代电影在上面涂鸦。唯现今最可惜的是,年轻一代观众非但不大看文学作品,而且对于中外老电影也没有兴趣,所以我不禁要公开提倡看老电影。

五、文学经典的改编

真正的文学经典——也就是经得起时代的考验,再三被各年代的读者阅读,并且得到学者评论或被选为教材的作品——然而当文学被改编成影片,成效又如何?

我想大多是不佳,要么毁誉参半,影片可以在各方面凌驾原著的极少,最多也只能做到"分庭抗礼"的地步。原因很多,最后还是归结到语言和技巧的问题,且不说现代主义的小说(容下文再谈),即使是写实主义的文学经典,依然很难在改编之后十全十美。托尔斯泰(Leo Tolstoy)的《战争与和平》(*War and Peace*),至少有两个同名电影版本,一个是美国的(1956),由柯德莉·夏萍(Audrey Hepburn)和亨利·方达(Henry Fonda)主演,导演是金·维多(King Vidor),片长三个钟头,浪漫有余,唯还是觉得肤浅;一个是苏俄的版本(1965),片长近八个小时,十分忠实原著,也许只有俄国人才拍得出来,但是否真正有电影的风格,恐怕很难说。杜斯妥也夫斯基(Feodor Dostoyevsky)的小说如《罪与罚》(*Crime and Punishment*)和《卡拉玛助夫兄弟们》(*The Brothers Karamazov*)都曾拍成影片,前者至少三次,后者我看过荷里活同名的版本(1958),尤·伯连纳(Yul Brynner)主演,编导是一向钟爱文学的李察·布鲁克斯(Richard Brooks),我观后颇为失望,因为原著中的思想和道德深度,还有那段伊凡说的"大审判官"寓言故事,全部无迹可寻,全片只剩下一个简短的弑父故事,布鲁克斯编剧的文笔再好,也无济于事,他在荷里活式的直线叙述情节剧模式影响之下,更不能把杜翁小说中的各种人物个性和"多声体"结构表现出来。

文学的语言和电影的语言既然不同,后者只能用相对等或不同的电影技巧去"重构"文学的语言;除了意象之外,还有声音和场面调度,最关键的还是叙事的角度和方法。如果举一个现代中国文学经典的例子,最著名的就是鲁迅的短篇小说《祝福》,在改编后的影片中(1956),知识分子的叙事者不见了,连影子和声音也没有,只剩下主人公祥林嫂,完全失去了原著小说中反讽的一面,而且让祥林嫂从头到尾受尽折磨,赚人眼泪,饰演祥林嫂的演员白杨虽表演得不差,但全片还是免不了变成通俗剧。

改编第一流的文学经典,最多只可做到"各有千秋"的程度,也就是说,如果不看原著,电影照样站得住脚;即使看过原著再作比较的话,虽然影片可能稍逊,但仍可与原著"分庭抗礼"。中外影史中最佳例子要说是史丹利·寇比力克(Stanley Kubrick)改的纳布可夫(Vladimir Nabokov)小说《罗莉塔》(*Lolita*)。寇比力克也改编二流小说,效果更见成功,本书将另作专文分析。在此再举另外两个例子,皆出自意大利名导演维斯康堤(Luchino Visconti)的手笔。

这位国际影坛大师也特别喜欢文学经典,他把汤玛斯·曼(Thomas Mann)的中篇小说《死在威尼斯》(*Death in Venice*)拍成一部相当精彩的影片(1971)。看过的人都知道,故事的主角是一个作曲家,几乎是马勒(Gustav Mahler)的化身,但原著小说的主角却是一个诗人,二者的身份对等,而且关心同一个死亡的美学问题,所以我仍然认为维斯康堤对原著的精神相当忠实,他在片中从头到尾用马勒的第五交响乐的小慢板乐章,营造出一种原小说所无的"世纪末"气氛,以此反映主人翁在艺术创作上的危机感,虽然没有小说中的古典文学和神话隐喻,但却更有情调。维氏最大的强项当然是布景的美工和场面调度,片中沙滩死亡的一场戏,其电影手法(如远镜和软焦距)发挥得淋漓尽致,可以和汤玛斯·曼的文体互相映照。电影和文学在这里,打成一个平手。

维斯康堤更擅长改编史诗式的历史小说,他的《气盖山河》(*The Leopard*,1963)可谓是电影经典中的经典,它源自一本十九世纪末的小说,作者兰佩杜萨(Giuseppe Di Lampedusa)是一个西西里岛的贵族(维氏也是贵族出身),毕生只写出这一本小说,写的是自己的家庭如何在历史的巨变(经历了十九世纪末意大利的革命和建国历史)中的没落,我看了电影后才看原著小说的英译本,竟然觉得影片不比小说差,而片中最后半个小时的餐宴舞会场面,甚至超过小说甚多,这完全归功于维斯康堤的场面调度。我数次用这个电影名词(法文原是 Mise-en-scene),指的不仅是如何"调度"演员在场景中的动作和位置,而且还包括各种相关的因素——从镜头设置到布景美工——几乎成了拍摄电影场景(scene)最重要的手法,也是除了镜头和剪接外,电影用以"对抗"文学叙述的最佳利器。一位导演如果能把场面调度处理得好,至少成功了一半,而维斯康堤和寇比力克二人则被公认为此中大师。

六、电影和戏剧

走笔至此,不得不引进一个相关的题目:电影和戏剧的关系。

戏剧也可以说是一种介乎小说和电影之间的文学形式。戏剧既是文字写作也是表演艺术,二者缺一不可,但它也会有电影的场面调度成分,我们甚至可以说:戏剧是以场景为主,是没有分镜和不经剪接的电影,而有声电影出现后,当然和戏剧的关系更密切。

戏剧有一个基本架构:一出戏必会分数幕数场,不能像电影一样先拍了几百个镜头再剪接成一个整体,也不能像小说一样运用大量的叙述文字。然而戏剧在西方文学传统中所占的地位,远在小说之上。中国戏剧的兴起,在明清是和小说同步的,但戏曲更受欢迎,直到五四时期,小说才有凌驾一切之势。

如果我们把戏剧也归于文学之类,那么电影又如何改编戏剧?大略来说,可以分成下列三种方式:

真正的莎翁名演员是罗兰士·奥利花,他也把数出名剧搬上银幕,除了《奥赛罗》之外,最著名的当然是《王子复仇记》(Hamlet, 1948),此片是在丹麦实景拍摄的黑白片,古堡气氛阴森,王子父亲鬼魂出现的两场戏,更是鬼气十足,我至今记忆犹新。

和莎翁经典相较之下，显然现代背景的戏剧较易改编为电影，因为它只需把舞台化为实景就够了，然而也有局限：原戏不可能把整个故事从头到尾很完整地交代出来，只能在有限的几幕实景，把几场关键的时辰表现出来，所以很难展现一个角色逐渐成长和变化的过程，这是一种叙事，属于小说的范围，电影反而可以叙事：前面说过，整个荷里活的电影传统就是叙事。但如何把戏剧改为叙事而不失原来的戏剧性？这是一门大学问。

我所看过的一般荷里活出产的此类影片，其改编手法颇为相似，就是以实景和过场戏"填空"，在原剧场景之间加料，把舞台融入现实场景之中。但久而久之，观众早已忘了舞台剧的原貌。谁会知道《北非谍影》(Casablanca)原是一出舞台剧（原剧名为 Everybody Comes to Rick Hotel）？但经过荷里活的两位好手——导演米高·寇蒂斯(Michael Curtiz)和编剧家侯活·科赫(Howard Koch)——改头换面之后，原来的反纳粹主题被淡化了，却加添一层浪漫〔堪富利·保加(Humphrey Bogart)和英格烈·褒曼(Ingrid Bergman)在巴黎相爱的那一段是加上去的〕，使此片至今高居美国百部名片的榜首，我自己至少看了十遍以上，竟然不厌，但早已把两位原剧作者梅利·宾纳特(Murray Burnett)及钟·雅丽珊(Joan Alison)忘得一干二净。这就是电影的魔力。

也许当剧作家本人深通电影或其作品中本来有电影成分，则改编起来最易成功，因为这些成分可以变成影像，田纳西·威廉斯（Tennessee Williams）的作品几乎部部搬上银幕，阿瑟·米勒（Arthur Miller）的也不遑多让，但我更钟情威廉斯的作品：从《欲望号街车》（*A Streetcar Named Desire*，1951）、《热锅上的猫》（*Cat on a Hot Tin Roof*，1958）到《夏日痴魂》（*Suddenly Last Summer*，1959），几乎每一出戏都以美国南部为背景，气氛十足，即使有时候对话太多——毕竟是舞台剧——我也不计较，因为当中的语言实在太精彩了。

七、电影的魔术

与其说戏剧介于小说和电影之间，毋宁说电影在改编戏剧和小说时，更能发挥其独有的特色，有时甚至青出于蓝。这个特色，就是"蒙太奇"（montage），这个术语的意义很广，从纯技术层面而言，它指的是电影镜头经过剪接后的时空压缩或并置，换言之，它打破了习惯上的时间和空间观念，自俄国大师爱森斯坦（Sergei Eisenstein）发明以来，已成了电影艺术中最宝贵的技巧。如果将其意义引申下去，我们也可以说：西方影史上其实有两大传统：一是前面说过的荷里活写实叙事模式，它故意不凸显电影本身的技巧，令观众产生置身于现实情景的错觉；另一个就是蒙太奇传统，它恰好相反，以电影技巧和影像来营造"现实"。

蒙太奇的作用，其实也可以引用到文学，它是一种文学语言把现实上的时空并置、倒置或错置，因而打破传统写实主义对于现实的忠实性，换言之，这是现代主义和后现代主义文学的最大特色,用这种新的语言,可以作心理上的投射(如表现主义的戏剧),也可以进入人的潜意识或下意识(如意识流小说),更可以把各种外在和内心的现实混在一起,用非直线进行式的叙事手法,达到一种崭新的艺术境界。如此岂不是和电影上的"魔幻"传统相呼应?吊诡的是:此类文学作品最难拍成好电影。乔伊斯(James Joyce)的意识流小说《尤里西斯》(*Ulysses*)被英国导演约瑟·史狄克(Joseph Strick)改编成一部平铺直叙的同名写实片(1967),语言魔术尽失;卡夫卡(Franz Kafka)的小说《审判》(*The Trial*)被怪杰奥逊·威尔斯改编搬上银幕(1962),成绩尚可,但显然无法和他的《大国民》(*Citizen Kane*, 1941)相提并论,我觉得还比不上他改编的莎翁名剧影片。另一部半意识流的多卷长篇小说——普鲁斯特(Marcel Proust)的《追忆似水年华》(*A la recherche du temps perdu*),被二度搬上银幕,改编小说的第一部影片《往事追忆录》(*Swann in Love*, 1984)乏善可陈,最近的《追忆似水年华》*Marcel Proust's Time Regainesd*(1999)拍得颇有创意,但如果你没有读过原著小说,看此片还是一头雾水,如果把文本和影片仔细对照分析起来,就要大费篇幅了,容后再议。

现代主义文学比写实主义难缠,早已是一个不争的事实,我认为产生这个困境的原因之一是现代文学不注重叙事,而把内在和外在的现实作诗一样的处理,或把时间变成空间,或把模仿现实的(mimetic)文字变成抽象意象,甚或干脆脱离现实,以语言织造寓言神话,或作语言的游戏,这些趋向都很难拍成电影。

除非把电影本身的魔术释放出来,以各种蒙太奇手法改变写实时空的叙事模式;或以电影形象作为文字寓言的对等物,加以转化;或用各种旁白方式表现文字中的意识流。对于荷里活叙事最致命的打击,莫如把结尾变成数个不稳定的、未了解的结局。这一切都曾被好些电影工作者尝试过,但不成功,也未能彻底改变原有的叙事传统,至少是今日大部分的现象,除了找寻感官刺激之外,当地观众还是喜欢看有较完整的故事情节的影片。

　　中国电影的情况就不同了。中国电影传统中鲜有改编现代主义文学的例子。一般学者公认的中国现代主义祖师施蛰存,至今尚没有一篇小说被改编成电影,而我每次读他的《将军的头》《鸠摩罗什》《魔道》等现代小说,都觉得内中的电影影像呼之欲出,但至今无人敢于改编成电影,据闻只有王家卫曾向他买了一篇较有写实意味的心理小说《雾》。香港的现代主义前辈刘以鬯先生的小说《对倒》,早被王家卫在《花样年华》(2000)中改得面目全非,除了挪用了几段小说文字作过场外,就只剩片尾一句谢词。台湾的现代文学小说大将王文兴,他的《家变》和《背海的人》至今未有导演问津,而同学白先勇的作品,技巧上虽有现代文学的创意但内容仍以人物和写实叙事著称,却被屡屡搬上银幕,成效有好有坏。

　　倒是张爱玲的小说改编版本甚多。但张的小说并非师承现代主义,而与中国通俗小说暗合,外加一点毛姆式的英国讽刺,有着不少荷里活老电影的传统章法和技巧,因此大受影界欢迎,至今至少有七八部影片是直接改编自这位"祖师奶奶"的小说,最近的一部是李安的《色·戒》，我曾作专书讨论，还有几篇有关张爱玲与电影的文章，已经收入其他拙作之中，此处不赘。

八、结语

走笔至此，才发现还有不少改编的问题没有提到。

一个是改编中国古典小说的问题。《红楼梦》曾被改编为内地电视连续剧（不知有多少集），《三国演义》亦然，但吴宇森的《赤壁》（2008）和李仁港的《三国之见龙御甲》（2008）都不见得成功，前者完全曲解了中国人集体想象中的"三国"人物形象，以大场面和场面调度来掩饰故事性的不足；后者更加添了一个"卧底"的叙事者，又把曹操的孙女形象突出，虽有创意，但离原著精神甚远。改编《西游记》的电影，有二十世纪三十年代的卡通片和香港本地出产的《西游记》——周星驰主演的这两套电影，只能说借用了原小说中的几个重要人物和妖怪，加油加醋，变成他独具一格的"无厘头"产物。《水浒传》《金瓶梅》和更早的唐传奇和宋明的"三言二拍"，虽曾被屡屡演化为各种民间戏曲和说唱文字，但电影方面却似乎望而却步，原因何在？

这是一个值得探讨的问题。从形式上来说，中国章回小说的结构和西方十九世纪小说可谓南辕北辙，表面上结构松散，人物众多，没有西方小说中以一个或少数主人翁主导全局的叙事模式，当然很难拍成电影，最多只能选用其中部分章节。还有一个问题，就是当代中国小说的改编。当代中国小说确曾引起一阵改编热，张艺谋早期的作品：从《红高粱》(1987)、《菊豆》(1990)到《活着》(1994)，都受当代小说之赐，然而，此中的佼佼者如余华、格非和苏童等作家较"先锋"式的作品，依然没有电影导演或编剧家问津。如今连这个电影"文学热"的潮流也过去了，新起的第六代导演如贾樟柯已经不再依赖文学作品，而直接从社会现实中去找寻资源了，这又是一个吊诡。因为研究当代中国电影的学者和论者甚多，我就不必在本书中浪费篇幅了。

总而言之，我得到一个悖论式的结论：真正的第一流电影经典，并不一定来自经典文学的改编；而取材自二三流的通俗文学，反而能造就出色的电影作品。这类作品并非依靠精湛或有创意的文字，而是以情节变化多端或内容煽情取胜，使读者拿起书来就放不下去。电影从中取材，一方面是为了确保票房价值，另一方面也是拍起来较容易：只要能依照荷里活剧情片的常规——直线叙事、有头有尾、角色心理鲜明、从小高潮堆砌到结尾前的大高潮——就够了。看似公式化，然而放在有些较有才华的导演手上，照样可以发挥一己特长，运用各种手法把高潮烘托得更精彩，更以影像弥补原著文字的不足，更具风格；换言之，就是在"俗套"的故事中找到"写意空间"，并在紧要关头一展宏图。

和上述通俗剧模式最有关的例子就是德格拉斯·薛克（Douglas Sirk）执导的几部名片，如《地老天荒不了情》(*Magnificent Obsession*)（1954）和《春风化雨》(*Imitation of Life*, 1959)，至今皆成了经典，原著作者是谁，早已被人遗忘了。为什么经过薛克处理后片子如此动人？我认为是他深通melodrama的传统（虽然他是欧洲人），而且知道如何从气氛的堆砌制造高潮，甚至在彩色和灯光的运用上，带出角色心理中的深层结构。记得六十年代我在台北初看《春风化雨》时，到了影片的最后的高潮，黑人母亲积劳而死，女儿忏悔，全城为她举行盛大葬礼，此时，全场观众哭成一团。

此类的例子太多，我不能一一列举了。况且离了本书的主题——文学经典（即使是二流作品）的改编，是故就此打住。至于以下的"个案"文章，是近年来我看经典文学电影的杂感录，列于书内以作例证。由于写作的时间不同，也受了出版报章篇幅的限制，未能充分发挥，只有立此存照了，内容缺漏和不足之处甚多，尚请读者鉴谅。

注一：名学者罗拔·史谭的《电影中的文学现实主义、魔幻与改编艺术》（*Literature through Film: Realism, Magic, and the Art of Adaptation*）一书，已经由北京大学出版社翻印，二〇〇六年出版，并被列为电影教科书，本书作者之内地译名为罗伯特·斯塔姆。史谭虽是电影专家，但他用的例子还是从文学出发，从西方小说的鼻祖——塞万提斯（Miguel de Cervantes Saavedra）的《唐吉诃德》（*Don Quixote*）一直论到南美的"魔幻现实主义"的小说，以专章讨论《鲁滨逊飘流记》（*Robinson Crusoe*）、《汤姆钟士》（*Tom Jones*）、《包法利夫人》（*Madame Bovary*）、《罗莉塔》（*Lolita*）

和杜斯妥也夫斯基的《地下室手记》等小说名著改编后的电影,功力深厚。然而对于华人读者或大学生而言,这些例子大多是陌生的,有的作品(如整本《唐吉诃德》)对一般学子更是可望而不可即。从文学立场而言,不错,这些都是经典名著,但改编后的影片呢?几乎没有一部是名闻遐迩或影迷耳熟能详的作品,也许只有一些法国新潮影片如《广岛之恋》(*Hiroshima Mon Amour*, 1950)为我等影痴(cineaste)所熟知和宠爱。然而从二流小说或经典地位不足的文学作品而改编成电影经典的作品呢?史谭并没有讨论。

第一部分

莎士比亚的重现与再重现

四个版本四种阅读：
从《哈姆雷特》到《王子复仇记》

《哈姆雷特》(*Hamlet*)是莎士比亚名剧,改编成电影的至少有五部之多(苏联和他国语言改编的影片还不算在内)。这出名剧也是莎翁所有剧本中最长的一部,如不删节照搬的话,仅对话就需要四个小时,所以一般舞台演出和影片皆是减缩本,唯一的例外是英国舞台明星也是当代莎剧的名演员简尼夫·班纳(Kenneth Branagh)导演的同名影片,影碟版共两张,足版全长二百四十二分钟,刚好是四小时又二分钟,删节版一百五十分钟,有关此片,后文再谈。

一般华文观众最熟悉的电影版本应该是罗兰士·奥利花导演的黑白版《王子复仇记》(1948),据闻此片在内地也流传甚广,而且是用普通话配音,整整一代青年就是听了这位中国演员邱岳峰(一九八〇年过世)从奥利花口中说出来的"活着或者不活"(用的是卞之琳的译本)而成长的。"To be or not to be—that is the question",也成了旷世名言。

我们怎样看改编莎翁名剧的艺术？论者甚多，此处我只能简要地略述己见。也许先要谈谈这本文学名著。我非莎士比亚专家，说的全是外行话，但愿不至于太过离谱。我和一般初入门的读者一样，先买一本平装本的原著来看——我购到的是近来甚为流行的企鹅（penguin）版——再买两本较易懂的学术论著，然后继续"摸着石头过河"。

角色动机说

哈姆雷特的故事，我想很多人都知道了，所谓《王子复仇记》讲的，就是哈姆雷特为被叔父毒死的父亲报仇的故事。我在中学时代初次听到这个故事，以为它和中国文学中孝子代父报仇的传统故事一模一样，长大了以后才知道故事的含义绝不及此。在台大外文系念书时，老师教我们分析哈姆雷特这个角色，他到底是一个什么样的英雄？为什么犹豫再三，迟迟不报父仇？最后虽然成功了，但自己也被杀死，他的悲剧是来自内在个性或是外在环境？然后讨论他的"恋母情结"——如果他母亲不立即改嫁给谋杀自己亲夫的弟弟的话，王子是否就不报仇了？或者说就失去一个最重要的心理动机？

角色动机说〔外加一点佛洛依德（Sigmund Freud）的心理分析〕是我们当年做学生时代惯用的方法，想至今仍然是中学生读此剧的切入点。然而新一代的评论家和莎翁研究专家就不这么唯此独尊了。有人开始研究莎翁剧本的来源——原是一个流传颇广的十二世纪丹麦王朝的故事。更有人把此剧和其他莎翁作品放在莎氏所处的伊利莎伯女王时代的政治环境来探讨,并凸显权力和宗教等问题,而莎翁的各个戏剧角色也成了整个时期(即文艺复兴以降)的"自我塑造"(self-fashioning)文化史,这是美国学界所谓的"新历史主义"(New Historicism)的论点。我个人的兴趣则不在此,因为我对于英国的政治史一无所知,也对于莎士比亚时代的宗教信仰和"地狱观"(例如王子父亲的鬼魂从何而来?又回归何处?)毫无研究。既然故事已经家喻户晓,不如暂且不顾此剧的内容和哲理而谈谈演出问题。

改编之困难

莎剧的表演也是一门专门学问,和剧本的版本学同等重要。四百年来莎剧在英美演出的历史悠久,早有各代惯例,近年来的趋势是将之"现代化"——把场景和故事拉到近代或当代,最近(2001)还有一部改编的影片竟然把故事搬到当今纽约曼克顿的金融中心!如此改编之后,所有的表演已经不再是重演经典,而是创意式的引申或重塑。换言之:同样的故事,如果发生在十九世纪、二十世纪,甚至二十一世纪初的话,又会变成什么样子?哈姆雷特的个性是否因而有所改变?或仅是改穿当代服装而已?

另一个问题是舞台。十七世纪初的环球剧院(Globe Theater,专演出莎剧的剧场)是没有什么布景的,而且女角往往由男性饰演,因此影片《写我深情》(Shakespeare in Love)(1998)就大做文章了〔此片值得一看再看,因为剧本有名家史塔柏(Tom Stoppard)参与,实在写得好,内中引经据典,指涉甚多,初看时可能会漏掉〕,该片中的舞台就颇有仿古的真实感。这又和中国京剧的传统相似,但演出还是写实得多。近年来的舞台改编大多以这种象征性的简单布景为依归,可以发挥演技和其他视觉艺术(如灯光或荧幕视屏)的空间也更大。这就很自然地进入电影改编的范围了。

电影并非舞台,在空间的调度和运用上也较舞台灵活得多,然而电影也受时间的限制,除了少数例外——如班纳的影片,它需要在两个多小时之内把故事说完,因此在片中的"戏剧结构"也受到影响。为了让观众感到高潮起伏,不能让独白或旁枝情节(digression)太多或太长,所以难免删节原著文字。所以改编时必须拿捏得恰到好处,这并不容易。况且在语言上不能改为当代白话英语,而要沿用莎氏原来的古英文,所以更难上加难。无论如何,台词还是最重要的,不能完全被视觉影像所取代;换言之,电影的"蒙太奇"传统不见得完全用得上(当然也有例外,奥逊·威尔斯的莎剧影片如《午夜钟声》就是最好的证明)。

把这一切的因素考虑在内,我还是认为奥利花的《王子复仇记》仍然是所有改编影片中最好的经典。

最完整版本:罗兰士·奥利花的哈姆雷特

罗兰士·奥利花版《王子复仇记》的最大优点就是把舞台和电影艺术熔于一炉,同时发挥二者的长处。该片的外景据说就是丹麦 Elsinore 古堡的实景,看来年久失修,反而显得有历史感,而且鬼影幢幢,配以黑白片的光影调度,气氛恰到好处。古堡的内景依然像是舞台,布景相当简单,连国王宝座都不过是两张椅子,也没有大场面,可以让观众在阴森的气氛中细听对话。

《哈姆雷特》的语言并不简单,不少名句都是文乎文乎的,初读起来颇难,唯片中奥利花的台词念得飞快,因此最好是先读剧本再看电影。即使如此,我看此片时还有难懂之处,需要一再细读重看,由此才能逐渐进入莎翁的语言世界,仅靠中文字幕是绝对不够的。

可以说,《哈姆雷特》是莎翁剧作中最重"内省"的一部。王子在开头从父亲的幽魂得知谋杀真相后,就蓄意报仇,但迟迟不动手,因为他不但要在外表上装疯作癫,而且不停地在反省自己所处的地位和生存价值,犹豫不决,所以有不少"内心独白"(interior monologue),脍炙人口的"To be or not to be"就是独白之一,但电影里该如何处理呢?此片中,这一段是紧接着哈姆雷特拒绝奥菲莉亚(Ophelia)的爱之后,镜头从宫中内景经由古堡石梯迅速往上拉(这完全是镜像转接手法),直到楼顶屋外,然后是王子低眺波涛汹涌的大海,再若有所思地念出这一大段独白。

然而再加细看之下,奥利花其实似念非念,有几句话更变成了旁白,像是他脑海中的独白或自我对话。这在舞台上是做不出来的,只有电影的功能才可以达到这种效果,银幕上的波涛刚好映照出他当时的心境。

后来,再读原剧剧本,才发现原来王子作这段内心独白时,奥菲莉亚依然在场,而且后面两人还有一大段对话,最后王子才说:"你去修道院吧!"使得这位喜欢他的少女肝肠寸断,终于真的发了疯自溺而死。这是第三幕第一景的高潮。

然而奥利花的改编并没有完全离谱,因为莎翁戏剧也有版本之学(所谓 Folio 版和 Quarto Ⅰ 版、Ⅱ 版),片中各场次序差别颇大,语言也不尽相同,所以作舞台和电影的改编时就可以有所发挥了。场景连接次序的改变也可以铺陈动机和故事,我们细看奥利花的电影版,会发现各场的连接十分紧凑,一气呵成,从古堡城楼开始,也以此结尾——王子在决斗死后尸体被抬上城楼。这是否为了迎合电影情节的要求?该片全长一百五十五分钟,两个多钟头恰到好处。但我此次重看,在佩服之余也禁不住产生几个疑问。

哈姆雷特这个角色的年纪究竟多大?众说纷纭,大致认为是在十八至三十岁之间,但奥利花饰演此角时恐怕不止三十岁吧,他处处显得成竹在胸,没有太多的犹豫,而且在佯作疯癫的场面中表演也略嫌夸张,毕竟是舞台演员出身。相形之下,米路·吉逊(Mel Gibson)主演的王子造型反而更适合,但演技上后者当然难望其项背。

最通俗版本:米路·吉逊的哈姆雷特

米路·吉逊版(1990)的导演是意大利名匠法兰高·齐伐里尼(Franco Zeffrelli),他也是导演歌剧的能手,如《阿依达》(*Aida*)和《茶花女》(*La Traviata*),更是拍摄莎翁影片的专家,他导演的《殉情记》(*Romeo and Juliet*, 1968)早已为影迷们所乐道,该片的男女主角的实际年龄只有十七岁和十五岁,所以和原著符合。

《殉情记》的故事发生在意大利——他的祖国,但《王子复仇记》的背景却是北欧的丹麦。我觉得此片拍得太过阳光灿烂,毫无阴森气氛,虽然古堡是取自苏格兰实景,但全片看来还是像文艺复兴时代的意大利。米路·吉逊演得很卖力,而演母后的格连·高丝(Glenn Close)在造型上也加添了一点肉欲的色彩,不像奥利花片中那个英国女演员。可是相形之下,这两位荷里活大明星还是被其他英国演员比下去了:阿伦·卑斯(Alan Bates)演奸险的国王相当精彩,最出色的是演鬼魂的保罗·史高菲(Paul Scofield),这位于二〇〇八年逝世的英国演员实在太棒了,在不到一两分钟的场面中,不但把每句台词念得丝丝入扣,而且从声音到造型(也只有在影片中可以用前景和特写表现出来),都显现出一种心灵上的哀伤,令我把这场戏连看数次!

齐伐里尼把布景美化了,这是他的一贯作风。该片的外景较奥利花版多,内景的布置(是在英国某影棚搭建出来的)也甚为铺张讲究,连古色古香的地毯也不放过,这又是他的"商标"。布景太过华丽,非但阴森气氛全失,而且也直接影响到主角的内心戏。"To be or not to be"的独白(也在王子拒绝奥菲莉亚之后)不放在城楼而是在地窟中亡父的石墓前演出,又令我想到意大利的教堂,就情节安排而言是很合理的——让儿子在父亲灵前"告解"——但王子内心的煎熬呢?英文有一个字 brooding(郁郁寡欢式的沉思),它理应是哈姆雷特个性的特征,但米路·吉逊表现的却是一个充满激情、毫不犹豫或畏缩的男子汉,绝非思考型的知识分子。据闻导演把原剧三分之一的台词——尤其是哈姆雷特内心不安或迟疑的念白都删掉了。然而对普通影迷而言,此片可能更容易接受。

"活着,抑或不活"其实不仅是报仇或不报仇的问题,而是哈姆雷特对于个人存在意义的反思,换言之,他说这句话时,心中想的是自杀。研究莎剧的著名学者、哈佛教授史提芬·格林布雷(Stephen Greenblatt)在其普及性的近著——*Will in the World*: *How Shakespeare Became Shakespeare*(2004)中就特别提到此点,而且将之和莎翁自己在一六〇〇至一六〇一年(即剧本写作的年代)联在一起。在这两年中,他的儿子死了,父亲生命也危在旦夕,所以《哈姆雷特》剧中的鬼魂和作者心情戚戚相关。然而,在英国新教的信仰中是不容有"炼狱"(purgatory)——人死之前没有祈祷得到上帝宽恕就死亡,如王子的父亲就游于炼狱——存在的,那么,这个幽魂是否代表魔鬼的化身?

因此王子有诸多惊疑,犹豫不解,必须以"戏中戏"的方法来考验叔父,以求得杀父的真相,在剧情上合情合理,但演起来就难了。

奥利花版本中的鬼魂是以戴盔甲的武士黑影出现的,鬼气十足,真像是炼狱出来的魔鬼化身,但米路·吉逊版中的鬼魂看来就是一个人,导演将之"去魔"了,虽然也很动人,但已无鬼气,背后的一切宗教背景也一笔勾销了。

完整的台词不完整的《哈姆雷特》

一九九六年发行简尼夫·班纳自导自演的《哈姆雷特》片,长四个小时,我最近才勉强把全片影碟(两张)看完,个人的感觉是这完整版带来了另一种吊诡:不错,这部影片为求完整,把原剧的所有台词都放进去了,应该是至今最完整的一部莎剧影片,然而就因为这种大制作,反而失去了大半原剧的精神。

班纳雄才伟略,希望彻底呈现原著的所有细节和内涵,因此把故事的历史背景也由十二世纪改到十九世纪的丹麦,服装和布景就更讲究了,变成了一部名副其实的历史片。但原著的历史背景却是模糊的,它本是个传说的故事,莎翁将之改编成舞台剧,所以剧中仍留有些许神话色彩,那句"在丹麦王国有一个腐败的东西"的名句也可以影射其他国家,甚至有"跨文化"的普世性。我认为这是原剧精神的一面。当然把故事"改朝换代",甚至换到二十世纪也未尝不可,但无论如何,原著的哲学内涵仍应保留,特别是哈姆雷特的那股忧郁的自省性格。

在此片中班纳把他的个性"外化"了,也更写实,演得更像一个十九世纪的欧洲贵族王子。特别是最后的斗剑场面,他和对手雷尔提(Laertes)打得激烈之至,最后从楼下打到楼上,使我想起少年时代喜欢看的古装斗剑片如《美人如玉剑如虹》(*Scaramouche*, 1952)。然而这种打斗场面意义何在?除了娱乐价值和豪华的内景外,反而显得浅薄。

镜像与恋母情结

班纳把王子的内心反思"外化"之后,用了一个极为精巧的方式——让王子对镜独白,念出那段著名的"To be or not to be",从电影手法而言,这是绝佳的安排:镜中的王子成了他的"影子"(double),视觉上的功能借此得以发挥。然而原剧中的独白在当年环球剧院演出时是对着观众讲的,令观众直接经由台词进入角色的内心。可见各个电影版本导演的处理手法各异,其中有一个版本还用了不少特写镜头(后文中会讨论),但在班纳这部影片中,镜子作为道具反而有点喧宾夺主,减轻了语言本身的力量。

镜子在片中再三出现,目的在于制造戏剧张力,有时甚为成功,例如奥菲莉亚被王子遗弃的场面(紧接王子独白,倒是完全符合原剧次序),镜头干脆从镜后照出来,连这个可怜女子的面孔也被压扁了,王子对她形同虐待,这又是一种"外化"的表现。

另外，饰演奥菲莉亚的琦·温斯莉（Kate Winslet）真的疯癫之至，甚至在疯人房中被人用水龙头冲，我觉得有点太过分。片中明白显示她和王子有肉体关系，而且有性爱镜头，然而以此加深她受压抑的性欲，这一层佛洛依德式的现代处理手法，又是否适宜？我并非卫道之士，但是《哈姆雷特》中究竟有多少性欲的成分？

说到性的问题，我认为应该注重母后这个角色。几乎所有论者都会谈到哈姆雷特的恋母情结和国王弑兄而娶嫂的乱伦关系，这个三角关系的中心就是母后格特鲁德（Gertrude），这一点在原著的台词中也点明了：第三幕第四景的皇宫寝室母子对垒时，哈姆雷特说得十分清楚："生活在汗臭垢腻的眠床上，让淫邪熏没了心窍，在污秽的猪圈里调情弄爱。"（我引的是中国翻译家朱生豪的译本）如果以现代手法处理的话，大可加强母后的色欲成分，但在此片中饰演母后的大明星茱莉·姬丝蒂（Julie Christie）反而显得干涩，她当年演《日瓦戈医生》（*Doctor Zhivago*, 1965）时的风华艳丽早已荡然无存；而饰演国王哥迪斯（Claudius）的莎剧明星戴力·积及（Derek Jacobi）又颇为低调，演技未能充分发挥，因此恋母和乱伦的情绪皆未表现出来。在本片中所有的大明星——包括跑龙套的查尔登·希士顿（Charlton Heston）和积·林蒙（Jack Lemmon）——都被班纳自导自演的王子"边缘化"了。

也许，只有莎剧专家或熟读原著而且可以背诵所有台词的观众，才能充分欣赏这部影片，但即使如此，在言文对照之下也不见得会完全同意班纳的"强势"表演方式；他从头到尾情绪愤激，甚至怒不可遏，但王子个性软弱的一面反而被削减了，只用较轻微的声音表现，而台词说得极快，也许他不得不如此，否则片子会更长。也有论者认为他演的还是舞台剧，不是电影。

全片四小时的长度也是一个致命伤，完整的代价就是免不了沉闷，这就牵涉到片中的节奏问题。影片和音乐一样，是有急缓强弱的节奏的。在这方面反而是较通俗的导演如齐伐里尼最擅长处理。班纳为求剧力万钧，在几场高潮上费尽工夫，但在其他场面似乎完全不顾观众的能耐和注意力，片子开场的几分钟尤其如此，对话太多，我几乎看不下去。当父王的鬼魂终于出现时，又处理得十分庸俗，非但和罗兰士·奥利花版无法相比，而且更没有米路·吉逊版中的保罗·史高菲演得动人。班纳又特别请了时为九十三岁高龄，当年以演《哈姆雷特》出名的尊·基尔格（John Gielgud）在片中客串一个故意添加的小角色，瞬间即消失，这种致敬手法我认为大可不必。

总而言之，这是一部"过度"（over the top）的改编尝试——从主角的表演到场面布景（最后还有一场军队雪中进攻皇宫的大场面）都太过分了。看完后我疲惫不堪，但又禁不住拿起莎翁剧本来读，随便看了几段，反而觉得趣味盎然，心神为之一爽，原来莎士比亚的语言竟然有如此魔力！

第一部分　莎士比亚的重现与再重现

"纯本"哈姆雷特

东尼·李察逊（Tony Richardson）导演的《哈姆雷特》（1969），可说是所有改编此剧的影片中最纯净的一部，但一般的影评不佳，我想原因就是它太纯净了，完全没有外景或实景，也没有任何一个可以看到全部（舞台）背景的远镜头。全片从头到尾由中景、近景和特写镜头组成，连换场的融入融出或淡入淡出的剪接也不用，完全用跳接，而且所有情节在夜晚进行，只有阴影和烛光。最光亮的特写镜头反而是鬼魂在王子面前"出现"的时刻——其实并没再出现，只见王子面部的表情：换言之，鬼魂几乎可以视为王子心中的幻象——一种"心魔"。

这一种手法，贯彻了全片统一的风格和它的"改编哲学"：电影和舞台的不同，在于可以把镜头拉近，否则不如把舞台剧照搬就够了；况且就因为这是莎翁名剧，一切写实的考虑都可以完全不顾，只重对话、语言和表演，唯一向电影视觉妥协的就是近镜头和特写。我猜在这方面李察逊受到瑞典电影大师英玛·褒曼（Ingmar Bergman）的启发，在褒曼的作品中，也大多以近景和特写来说出剧情，而且心理层次极深，寓言意味也浓。

李察逊此片也有其他特色：服装完全是英国古式的，与丹麦无关；剧情交代极为紧凑（似乎早已假设观众十分熟悉）；王子独白的几段话大致上用特写，说话时人面对镜头，制造出一种"浓缩感"，这种处理手法绝对把语言——对话和独白——放在第一位。所以,看惯荷里活影片的观众可能会大倒胃口,甚至宁愿看时间甚长但场面豪华的班纳版。我因为先看了"大片"才看此"小片",反而觉得此片不如评者所说的那么差。

电影的另一强项当然是演员的演技。妙的是除了饰演王子的尼可·威廉逊(Nicol Williamson)之外,个个角色的外表形象都恰如其分,特别是演国王的安东尼·鹤健士(Anthony Hopkins)和演母后的茱迪·柏菲特(Judy Parfitt),后者的扮相(面孔惨白)恰似一个色欲缠身但年华已逝的中年贵妇,甚至令我想起希腊悲剧《伊底帕斯王》(*Oedipus the King*)中的母后祖卡丝坦(Jocasta),任何明眼人都看得出来,莎翁此剧和这出希腊悲剧甚为相似。鹤健士的演技更是无懈可击,而且咬文嚼字十分清楚。片中有一场戏——新婚的乱伦国王和王后在床上穿着睡衣接见大臣波洛尼厄斯(Polonius),边吃边亲吻,可谓淫荡之至,完全合乎原著意旨。

片中唯一的问题可能出自饰演王子的尼可·威廉逊的年岁,这位英国演员一向是饰演莎剧名手,可惜演哈姆雷特似乎太老了一点,和片中母亲的年纪看来差不多(此片完全除去恋母情结的指涉,反而在米路·吉逊版最明显,这可能又和饰母后的格连·高丝本来形象和导演本人的同性恋背景有关)。威廉逊呈现的完全是一个"内省"式的造型,他的数场独白尤其精彩,"To be or not to be"这句话则是睡着讲的,而且有奥菲莉亚在旁,两人缠绵后王子才叫她到修道院去,与原著次序相合。也许正因如此,这场独白并非王子一人单独自说自话,但另一场独白戏——王子见了戏班子之后自省是否能担负复仇的重任——则成了全片的精华,所以看来津津有味,威廉逊的英语也说得流畅之至,台词中的抑扬顿挫听得清清楚楚。总之,如果要用电影来学习原剧剧本的话,此片应为首选,正因为它很"纯",没有令人分心之处。如果班纳版是一顿"满汉全席"式的大餐,此版只能称之为"素食",吃了太多肉味之后才会觉得有味。

附带值得一提的是在此片中饰演奥菲莉亚的英国女歌星玛莉安·菲花(Marianne Faithfull),她虽不大会演戏,但扮相温柔而纤弱,发疯唱小曲的那段戏更显得楚楚动人,相较之下,班纳版中的琦·温斯莉变成了一个"女强人"了。

"后现代"《哈姆雷特》

近日偶尔在坊间找到一部《新哈姆雷特》(2000)的影碟,导演是米高·阿尔默瑞德(Michael Almereyda),此片我早已听说过,但百闻不如一见,难怪此片成了文化理论界的宠儿。

这部影片非但把时间、地点和人物都移到现今的纽约,而且把所有"文化语码"都置于全球资本主义的脉络之中:丹麦变成了一个大公司的名称,国王当然也成了董事会总裁。而王子哈姆雷特呢?这一个"后现代"王子,当然也不像王子,由年轻演员伊云·鹤坚(Ethan Hawke)饰演半嬉皮的当代大都会青年,一天到晚玩他的电子录影和录音机,所以也不停地把自己的生活复制成影像,故事中那场"戏中戏"也顺理成章地变成了一部实验短片。如此历数细节的话,片中所有匠意巧思皆可用"后设批评"(metacriticism)和"自我指涉"(self-reflexive)的方法解读下去,甚至可以写成一篇玄之又玄的研究论文,以一部分拉康(Lacan)的"镜像阶段"理论来推演片中王子的个人自我认同过程。导演米高·阿尔默瑞德绝对是一个深通后现代文化理论的人,说不定也涉猎了不少拉康派的心理学理论,所以他把几场关键戏也用镜子表现出来,譬如哈姆雷特在母亲卧室一枪射死藏在衣橱后的波洛尼厄斯,这个衣橱外壳就是玻璃。王子的独白"To be or not to be",开始时是对着录影机说的,镜头一转,他又游荡于超级市场之中,自言自语,导演似乎故意把这段"自我存在"的反思文字庸俗化,成了日常生活的一部分,这当然又是后现代文化理论最关心的话题——资本主义的物质生活和消费主义。

然而问题正出于此:导演卖弄了这么多后现代技巧之后〔包括把所有以哈姆雷特为主题的古典音乐改头换面,变成片中的配音,另加一段布拉姆斯(Johannes Brahms)的第一交响曲〕又有何艺术造诣?我的结论是:除了印证后现代文化理论外,效果近于零。主要原因是他不敢改动莎翁原著的语言。于是,哈姆雷特在超市独白时说的照样是莎翁的古典英文!试问这一代的年轻观众又有谁可以领会其中的奥妙?

语言在此片中反而被其他伎俩取代了:这个纽约王子时常戴顶溜冰帽,扮相够"酷",他那间卧房布置得更新潮,各种机器小玩意儿,样样俱全,奥菲莉亚也不示弱,还没有和他上床就被他发现身上装有窃听器！她竟然淹死在大楼下的喷水池中，真是匪夷所思。

也许我还是有点保守，毕竟是老一代人了，还是奉劝真正有心的年轻观众只有一条出路——还是回归原典，读读莎翁的剧本吧！读不懂有翻译、有解说，读得不耐烦的话，还可以看看多年前拍过《王子复仇记》的罗兰士·奥利花版本，即使片中对原剧有所删节，但精华未失，对初学者也足够了。附带一提，关于莎翁改编的中文论著，可参看吴辉：《影像莎士比亚：文学名著的电影改编》。

角色决定论：
三部《奥赛罗》的电影表述

谈到莎翁名剧《奥赛罗》，我建议把原著和改编的电影对照看看，甚至先看影片也无妨。

至今我已看了三部《奥赛罗》的电影，本以为罗兰士·奥利花主演的版本（1965）一定是最好，却没有料到奥逊·威尔斯在一九五二年拍的黑白片令我看后大吃一惊，此片应该是电影史上的珍品，因为片中镜头运用和黑白光影的对比达到巅峰水准，正如评论家所说，是威尔斯继他早期经典《大国民》之后的冷门名作。这位影界奇才成名甚早，三十年代就是"神童"，在百老汇大演莎翁名剧，而且自组班子从舞台演到广播界，并以《世界大战》(The War of the World)轰动全美，当时美国人听了广播剧真以为火星人登陆新泽西州了！然而到了五十年代，威尔斯已经开始走下坡路，往往因经费短缺而拍不成电影，此片据说花了他三年工夫，完工后获得康城影展的大奖，但瞬即失传，菲林遗失在新泽西州的一个仓库里，后来才找到原片菲林，由其女儿负责修复得以再度面世,但仍然看出内中因资金不足而难免有偷工减料的痕迹。

伊凡大帝式的奥赛罗

此片的剧情推展速度甚快,对话更是如此,没有先看过剧本或知道剧情的观众,恐怕不易接受。我一看就被开场几个镜头镇住了。一群士兵在城堡上慢步而行,抬着两具棺材,原来是举行奥赛罗和他妻子的葬礼,这个场景乃原著所无,是威尔斯加上去的,但也为全片布下一股悲剧气氛,一开始就出手不凡。然而再细看下去,则发现威尔斯演的奥赛罗完全不像是一个摩尔人的大将,而更像俄国的沙皇伊凡,看过爱森斯坦导演的经典影片《伊凡大帝》(Ivan the Terrible, 1944, 1958共二集)当知我指的是什么,只见这个奥赛罗衣着华贵,两眼炯炯发光,镜头从他脚底下拍上来,他那副嘴脸实在可怖,和伊凡一样。妙的是片中的气氛也和爱森斯坦影片中的气氛颇为相似,说不定以俄文配音更传神。

作为一部电影,威尔斯这部《奥赛罗》的确出色,但作为改编莎翁名著的影片未免要打折扣,因为威尔斯往往把角色的动作和布景作为镜头和场面调度的陪衬。内中有一场关键戏:伊亚果(Iago)向奥赛罗巧舌如簧地说他怀疑黛丝德摩娜(Desdemona)与卡西欧(Cassio)有染,台词仍然出自莎翁原剧,但两人却在城墙上疾走,镜头亦步亦趋,一镜到底,可谓是推拉镜头

(trolley shot)手法的杰作,但我只顾着看动作和镜头,几乎忘了听两人的对话。最后那场杀妻高潮,似乎也草草了事,没有什么震撼力。

这不禁令我想到电影、戏剧和歌剧在形式上的不同之处。后二者必须把故事浓缩为数幕,歌剧尤其如此,还要有足够的空间和时间留给歌唱——独唱和重唱,所以威尔第的《奥赛罗》歌剧实在写得很精彩,特别在最后一幕,先让女高音在床前独唱祈祷歌和杨柳歌,然后男高音才进来,亲吻三次后把她置死,但不忘引颈高歌后才自杀,乐队奏出的是贯彻全场的"亲吻"主题,前后呼应,听来十分过瘾。除此之外,尚有奥赛罗和伊亚果的二重唱,也极精彩。

舞台演出电影拍摄的《奥赛罗》

戏剧则和歌剧不同,当然以对白为主,独白也不少。布鲁姆(Harold Bloom)教授在他的名作《莎士比亚的奥赛罗》(*Shakespeare's Othello*)中就曾提到:《奥赛罗》剧中伊亚果的独白至少有六段之多,虽然比不上奥赛罗最后一场死前独白动人,但伊亚果狡猾奸诈的个性尽在独白中毕露,所以非但布鲁姆特别重视伊亚果,而且不少演员——包括早年的罗兰士·奥利花——都更愿意演这个歹角。奥利花主演的《奥赛罗》和奥逊·威尔斯的作风恰恰其反,几乎照搬舞台剧,令观众的注意力完全集中在他自己饰演的主角身上。可怜那个演伊亚果的英国演员法兰·芬尼(Frank Finlay)成了随他起舞的配角,完全失去了这个反派角色应有的魅力,饰演他妻子的名女星玛姬·史密夫(Maggie Smith)也无所发挥演技,只做到端庄贤淑而已。然而,奥利花在片中实在演得精彩,甚至故意表情过火,连他的造型和声音都变了;脸部涂成深黑色,变成道地的非洲黑人,眼睛更是模仿黑人的表情,他的声音也比往常洪大数倍,俨然像一个男中音!(有时候我觉得歌剧中的奥赛罗也应该是一个男中音,而巧言令色的伊亚果才是男高音。)那一场他因嫉生怒而至于癫痫发狂倒地的戏,真成了千古绝唱。我重看时才发现其实片中镜头的设计还是和他的演出混为一体,在紧要关头用的是近镜头和特写,所以才会有此震撼力,这都是舞台上做不到的。

奥利花曾言明在先,说这部影片既非电影也非舞台剧,而是用电影方式拍摄出来的一场演出;换言之,重点放在演出(performance)上,布景和场面调度反而不太要紧了。它产生的不是一种"间离效果",而是把观众直接带进主角的内心挣扎之中,这也是一种变相的史丹尼斯拉夫斯基(Constantin Stanislavski)的演戏手法。

我猜不少影迷(特别是戏剧界的人士)一定视此片为经典,奥利花的确为奥赛罗这个角色塑造了一个永垂不朽的典型,即使此片初演时尚有不少争议,皆与他故意加强黑人的肤色有关。后来也有人论到是否当年的摩尔人皮肤真的那么黑,或是棕黑色?我认为主角是否黑人完全无关紧要。

黑人演员饰演奥赛罗

倒是真有一部影片由黑人明星主演奥赛罗。我在坊间买到的影碟封面,就是一个光头裸背的黑人演员罗伦斯·费斯宾纳(Laurence Fishburne)在亲吻一个长头发的白人女星,细看之下才发现这位女星就是鼎鼎大名的欧洲名演员爱莲·积及(Irene Jacob),她就是那部克日什托夫·奇斯洛夫斯基(Krzysztof Kieślowski)的法国名片《红》(*Three Colors: Red*, 1994)的女主角,当年令我看得神魂颠倒,惊为天人。再看此片演员名单,原来饰演伊亚果的不是别人,正是当今英国最走红的莎剧明星简尼夫·班纳,他还拍过《王子复仇记》和《威尼斯商人》(*The Mechant of Venice*)等莎剧名片。我在双重引诱之下,当即购下,也不管价钱了。回家初看时当然有点"醉翁之意不在酒",为的是看爱莲·积及的娇容,对此片的艺术价值却不抱什么希望。特别是这位黑人明星,以前在警匪片中好像见过,但他能演莎士比亚吗?况且演的还是重头角色奥赛罗!

看过这部近年出品(1995)的《奥赛罗》的影迷可能不多,各人自有定论,我则认为此片比我预料的好,原因至少有三:第一当然是爱莲·积及,她在欧洲影剧双栖,早享盛名,在此片中更把黛丝德摩娜演活了,既端庄秀丽(虽然不是金发)又充满欲念,剧情本来就以她先陷入爱河,主动投怀送抱,奥赛罗反而有点被动(在第一幕表现得很明显)。我认为爱莲·积及把一个女人的"主体性"表现出来了,这是一种现代的演绎,所以顺理成章地也有一场和奥赛罗做爱的镜头(因此前文中提到的布鲁姆,关于夫妻未能圆房的论点也不攻自破),甚至还牺牲色相,连奥赛罗想象中她和卡西欧的床戏也演出来了。这当然完全是电影手法,舞台上是做不到的。

我喜欢此片的另一个理由,就是因为它是一部踏实而不造作的电影,不是舞台剧,而且还是在威尼斯实地取景的。导演奥利华·柏加(Oliver Parker)在手法上虽然没有奥逊·威尔斯出色,但也中规中矩,他把握着影片的节奏,却并不故意强调戏剧高潮,于是三位演员都成了有血有肉的历史人物,而非大明星或名演员在卖弄演技。电影艺术既可虚幻又可写实,两者之间如何取舍则须看导演的手法,莎翁的原著台词并未受损,在英文字幕协助之下,我完全听懂了,虽然费斯宾纳的咬字吐词绝不能和奥利花相提并论。

也许就是因为模仿现实(mimetic)的需要,使得片中奥赛罗这个角色不够英雄化,和奥利花或威尔斯所塑造出来的"超人"(larger than life)角色大异其趣。可能有的莎翁戏迷会问:这个大英雄怎么会是这个样子?平平庸庸,看来最多是个一介武夫,魁悟有余,气派不足,罗伦斯·费斯宾纳把他演成了一个常人,念台词时常用轻声,和奥利花恰好相反。我猜他是因为在无数名演员的阴影下,自会产生"影响的焦虑",所以必须一反常态,故意收敛,他不愿意把美国黑人演员的狂放态度施展出来,直到最后一幕,才把杀妻的场面演得十分人性化,只见他用枕头窒息黛丝德摩娜时泪流满面,表现出一种逼不得已的哀情,而她也临死前挣扎反抗,直至死前的那一刻,才转为温柔,只见她一只手由刚转柔,一直抚摸他的面孔和光头,我看到此处也不禁动容。这一个小细节,恰是电影迷人之处,摄影机很容易表现出来,可在舞台上就不见得看得到。

也许我对此片有点过誉,那本我时常参考的影碟指南书也只给它三颗星,毕竟见仁见智,全视乎观众自己的主观感受。但这三张影碟的确有助于我了解莎翁的这出名剧,在此不揣浅陋把个人观感道出,或可有助于年轻学子回归经典,这也是我写此书的目的。

五十年代《惑星历险》：
《暴风雨》的科幻演绎

多年前，还是我在台湾小城新竹做中学生的时代，曾看过一部科幻影片 *Forbidden Planet*（1956），中文译名早忘了，但还记得片中的太空船和一个精灵的机器人。六十年代末，我在美国波士顿的一家置有超阔银幕（cinerama）的影院中看到寇比力克的名片《2001：太空漫游》（*2001: A Space Odyssey*, 1968），觉得似曾相识；后来又看了《星球大战》（*Star Wars*, 1977）。三部影片，内中的机器人又勾起我的少年回忆——原来这个太空机器人的原型就是出自这部老电影。

不料最近在香港的一家二楼小书店和影碟店竟然找到了这部影片的 DVD 版，中文译名是《惑星历险》，如获至宝！返家看后，略感失望，因为导演的手法太笨拙了，几乎不知如何处理基本的场面调度和演员演技。然而半个世纪前设计出来的科幻效果依然可观，特别是片中的电子音乐配音，而且觉得剧本的原来故事写得极好，又是似曾相识，在哪里读过？立即上网查询资料,这可不得了,原来此片的故事原型是出自莎士比亚的名剧《暴风雨》(The Tempest)!

莎翁名著改编科幻电影

能把莎翁名剧改编成科幻电影,不管成效如何,本身就不简单。我再三思之,又觉得顺理成章,因为《暴风雨》本来就有魔幻色彩,故事发生在一个荒岛,一艘船在暴风雨中漂流到岛上,遇见岛主普罗斯佩罗(Prospero),他就是一个有特异功能、可以呼风唤雨的魔术师,以魔法征服岛上土人卡利班(Caliban),又有一个小精灵雅丽(Ariel)供他使唤,他还有一个孤女美莲达(Miranda),年纪轻轻(仅十五岁),长得亭亭玉立,和船上的王子一见钟情,情窦初开之后,爱屋及乌,也同情船员的遭遇,遂向父亲求情,才发现她父亲和该王朝有仇……这个故事说来就像童话,但在莎翁笔下则大有深意。《暴风雨》探讨的是几个永恒的主题,诸如人性和天理的冲突(希腊悲剧的传统),女性的贞洁(chastity)和美德可以化解一切怨仇,以及人性和兽性、理智(指雅丽)和原始本能(指卡利班)之间的关系,等等。早有无数研究此剧的学者讨论过了。

这部影片的创意之处,就在于它把这些莎翁角色改头换面,改置于二十三世纪的太空世界,也从中衍发出更新的意义。从一个影迷的立场看来,此片又和《2001:太空漫游》遥相呼应。片中的机器人罗比(Robby)极有人情味,可供任何人使唤,也不会逾越理性规范；而在《2001：太空漫游》中的机器人最后却反抗人的指派，傲性十足。到了《星球大战》，内中的机器人有两个，一老一少，插科打诨，引人发笑，但无深意，看来佐治·鲁卡斯（George Lucas）大概没有读过莎士比亚，但绝对看过寇比力克的电影。至于这部《惑星历险》的电影导演佛烈·韦阁斯（Fred Wilcox）则是一个名不见经传的人物，我在网上查他的其他作品，才发现原来他是当年以导演《神犬拉茜》（Lassie）的儿童片著称的，怪不得他在此片中手足失措，不知如何应付，我猜他也没有看过莎士比亚。真正的幕后功臣应是故事的原作者艾云·保克（Irving Block），他也是场景和道具的设计人，真是功不可没。

人物原型之转移

如把此片的故事（剧本写得反而有点僵硬）和莎翁原作对照的话，则很容易看到几个人物原型的渊源关系。片中的科学家莫比斯博士（Dr. Morbius）当然出自莎翁剧中的普罗斯佩罗，他的女儿则是美莲达的化身，但更妙的是机器人充当了《暴风雨》中的精灵雅丽的角色，而且更是精通百般武艺，从煮饭烧菜到设计女人衣服和复制酒类，样样皆通。全片最有创意的是把原剧中的土人卡利班变成了一个妖怪——科学家下意识所产生的怪物，它可以毁灭一切，这显然出自佛洛依德的观念，文学论者或许会认为浅薄，但作为一个电影影像却大有发挥之处，也为

不必然的对等:文学改编电影

后来的科幻和恐怖片开了一个先河。然而,这种改编手法却把莎翁原著中最后一幕普罗斯佩罗的自我反省的独白戏删除了,似乎制造了一个俗套:发狂的科学家必死,否则灭不了他内心的怪物。《暴风雨》变成科幻片以后,人情味也少多了,几乎被各种科技玩具(gadget)所取代。

网上登载的一篇文章(作者是一位西班牙学者 Miguel Angel Gonzalez Campos)中指出:这部影片非但源自莎翁名剧,也含有对莎翁剧中所指涉的理想国的"后设"评论:十六七世纪人所想象的理想国还是正面的居多,暗含一种对人类前途的乐观期望,但到了二十世纪中期,原子弹发明以后,科技可以造福,也可以毁灭人类,所以此片的态度也是悲观的;换言之,它与莎翁原剧中的意旨不同。

片中加进另一个科技极先进的神话(名叫 Krell)的故事,导致其灭亡的原因就是没有考虑到人性的阴暗面:人性如果是本恶的话,任何科技发明都不足以制造理想国,反而被自己无法控制的"集体兽性"所毁灭。也许,除了原子弹轰炸广岛的教训外,此片的原作者也没有忘记二次大战中德国纳粹党和希特拉现象。佛洛依德写过一本书,名叫《文明与其不满》(*Civilization and its Discontents*),但他想象不到希特拉和二十世纪所有其他暴君所导致的"集体兽性"现象。莎翁创造了一个难忘的经典人物普罗斯佩罗,如果写个现代续集的话,也许可以从卡利班所领导的暴动成功开始!然而,那个精灵雅丽在他差遣之下,又会干出什么事情来?当然会导致这个小岛的毁灭,然后呢?

胡思乱想之余,不知不觉又把《未来战士》(*The Terminator*,1984)之类电影情节混进去了。莎翁再世,不知作何感想。

第 二 部 分

名著改编电影——不必然的对等

一流和二流小说：
英国十九世纪文学电影

根据十九世纪英国小说改编的电影不下数十部，内中被公认为经典名片的也不少，但在我心中只有两部影片至今念念难忘，千方百计找来影碟版重看。这两部影片是寇比力克编导的《乱世儿女》(*Barry Lyndon*, 1975)和威廉·惠勒(William Wyler)导演的《魂归离恨天》(*Wuthering Heights*, 1939)。从导演风格上而言，寇比力克和惠勒的作风迥然相异，一个是特立独行的鬼才，一个是荷里活大公司培养出来的巨匠，最适合相互比较。

二流小说更备创作空间

兹先从寇比力克谈起。

这位怪杰最喜欢改编文学名著，但选材方面依然孤僻，十九世纪英国小说车载斗量，为什么他偏偏选了一本不为人熟知的小说作品？这是威廉·萨克雷（William Thackeray）的早期小说，全名是《巴雷林顿先生回忆录》（*The Memoirs of Barry Lyndon, Esquire*），初在一本杂志上连载时（1844）的名称是《巴雷林顿的时运：一个上世纪的罗曼史》（*The Luck of Barry Lyndon: A Romance of the Last Century*），顾名思义，上世纪指的当然是十八世纪，而英文"Romance"这个字其实并非"罗曼史"，此处指的是一种中古时的小说文体，主题在描写英雄争战事迹，苏格兰的小说家华特·史葛（Walter Scott）就写过数本此类小说，如《劫后英雄传》（*Ivanhoe*），皆曾被搬上银幕。然而，萨克雷的这部小说的主角却是一个不折不扣的无赖汉（rogue）；可谓时势造英雄，"时运"——时来运转时发达、时去运衰时倒霉——产生像巴雷林顿这样的小人物，所以这本小说多少有点反讽的意味。而且写的是十八世纪，和萨克雷另一部更著名的小说《浮华世界》（*Vanity Fair*）的主题不尽相同，后者是写实小说，而且创造出一个令人难忘的女主角碧姬·夏普（Becky Sharp），只是改编后的影片则微不足道。

我一向不太喜欢看萨克雷的小说，觉得它结构太松散，语言太过饶舌，如果人物不够引人的话，实在乏善可陈。此书也不例外，唯篇幅还不算长，我看到的版本（密芝根大学出版社，1999），才二百五十多页，全书大部分用主角第一人称叙事，故作真实，而且时而自我吹嘘，作者用这种方法，正好用来反讽这个流浪汉的一生遭遇：他出身不算好，但靠时运几乎跻身欧洲上流社会，最后还是倾家荡产，一败涂地。

我想这也许正是寇比力克看上这本小说的原因：它有一个主线人物，一个完整故事，但松散的结构，反而留下不少空间可供发挥，加上寇氏大抵也想借此运用他的创新电影语言手法。如果将此片与另一部改编自英国十八世纪的小说《汤姆·钟士》(*Tom Jones*, 1963)的同名电影作个比较，可能觉得后者更生动有趣。《乱世儿女》，在寇比力克手下，表面十分沉闷，节奏更慢得惊人，甚至所有演员的动作都是慢吞吞的。而且全片用一种最传统的第三人称旁白来叙说故事，看来毫无讽刺意味，到底用意何在？吊诡的是，这部影片已经成了影史上的经典，它和寇氏的所有作品一样，不断引起争论。

电影语言之配合与润饰

看过此片的影痴们都知道：此片在影史上的一大里程碑式的贡献就是用自然光，不只在白画实景，而且拍夜晚室内景时也只用烛光。寇氏本是照相摄影师出身，所以对于摄影机的功能了如指掌，时有创新发明，此片中他除了用自然光外更把"景深"(depth of field)发挥到了极致，再配以长镜头，可谓把"深焦距长镜头"的运用作了一次史无前例的示范。有一场戏：饰演巴雷林顿的赖恩·奥尼路(Ryan O'Neil)受派去拜访一位贵族，镜头焦点为前景的贵族座位，可是镜前的室内深度至少有数十尺，主角从门口慢慢走向镜头，前景后景看得清清楚楚，真是鬼斧神工，可与另一部举世公认的名片《大国民》中的深焦长镜头媲美。

长镜头运用向来是寇氏作品的特征,但在此片中几乎无所不用其极,目的何在?诠释起来并不容易。我认为他想开创一个比其他以历史为背景的古装片(costume drama)更真实的视界,让观众误以为当年的世界就是这样,其实这也是一种电影的幻象和魔术。他故作客观,选用冷冰冰的英国口音作旁白,故意使演员慢条斯理地演戏,显然要一反荷里活常规。寇氏镜头呈现出来的虚构现实,又恰和原著中啰唆的叙述语言所描写的世界形成对比,并以缓慢的节奏作为原著文体的对等形式,换言之,寇氏的反讽是一种形式上的反讽,也借此讽刺了所有荷里活古装片和古装名著改编影片的传统。但在其他方面他早已对原著不忠实了,我们在银幕上看到的还是寇比力克营造出来的形象,而不是萨克雷文笔勾画出来的假回忆录。我认为影片已经超越了原著小说。

再作一种对等的比较,就可以证明上述这个论点:在原著小说中,作者对于景物几乎没有什么特别描写,一直以交代人物和故事为主,我们感受不到爱尔兰的大自然风光如何秀丽或德国的古堡宫殿如何堂皇,但在影片中这些用深焦距拍出来的大远景给予观众极深刻的印象,相形之下人物反而显得渺小了。这就是一种空间式的历史手法,比起原著的十八世纪式的英文长句子好看多了,至少我自己感觉如此,在欣赏风光影像之时几乎忘了叙事的冗长。片子全长三个钟头,中间设有半场休息(这显然是仿照荷里活巨片的模式),但我从影碟版(而且是数码修复版,清晰之至)从头看到尾,十分投入,像着了魔一样,也许这就是电影——特别是寇比力克电影——的魔术吧。

姊妹作之改编:《咆哮山庄》与《简·爱》

我在中学时代读过一本英国小说 Wuthering Heights,中文译名叫"咆哮山庄",我读了中译本时大为感动。到了大学时代,发现班上不少女同学都在读另一本英文小说 Jane Eyre,中文译作《简·爱》,甚至边读边流泪,不禁大为诧异,所以也找来一本英文原著来读,但读后大为失望。再后来,我看到改编自这两本小说的影片:前者译名叫作"魂归离恨天",后者还是叫"简·爱",二者的风格和气氛大致相同。但我看后还是更喜欢前者,觉得罗兰士·奥利花简直就是该书男主角希斯奇里夫(Heathcliff)的化身,而饰演嘉菲(Cathy)的梅莉·奥白朗(Merle Oberon)也不遑多让,导演是鼎鼎大名的威廉·惠勒(后来才发现,改编自此小说的还有三个新版本,我至今只看过一部)。而《简·爱》呢?我的印象却不深,可能是我当年不大喜欢钟·芳婷(Joan Fontaine),而该片男主角奥逊·威尔斯虽是才华横溢的巨星,但相较之下,锋芒还是比不上奥利花。

先谈谈《魂归离恨天》的改编艺术

此片的改编者查理斯·麦亚瑟(Charles Mac arthur)和宾·

不必然的对等：文学改编电影

赫特(Ben Hecht)皆是此中好手、影城名匠，原著《咆哮山庄》被简化以后，更突出浪漫的激情，导演除此之外也着力于展现英国北部的山郊原野背景(事实此片是在南加州拍摄)，不过加入大量从英国运来的石南草(heather)，情景交融，相得益彰。有一场男女主角在削壁上梦想自己是王子和公主的戏，可谓浪漫之至，记得我初看时为之向往不已。威廉·惠勒是一个典型的荷里活导演，他恪守荷里活的传统，把故事和人物放在首位，又把一切电影技巧置于"无形"，故事首尾相连，节奏顺畅，让观众容易接受。他特别注重指导演员的演技，一拍再拍，据说把女主角奥白朗逼得生病，又和奥利花闹得不欢，然而，二人在他训练之下，表演上着实精湛。

以上就是荷里活写实主义的典范，惠勒是此中老手，从此片到《罗马假期》(*Roman Holiday*, 1953)——部部以演技动人取胜。再者，他的功力尚不止此，在镜头运用和场面调度上也自有一手，且以此片的几个镜头为例：影痴们可能知道，此片的摄影指导格力·杜伦(Gregg Toland)大名鼎鼎，他就是《大国民》的摄影师。在《魂归离恨天》中，他开创了一个外景以黑白对比来构图的风格，镜头往往从下往上仰，远处天上的白云和近景中的山野互相衬托，显出一股既清新又雄浑之气，这种拍法，乃彩色片所未及。我们在大卫·连(David Lean)四十年代拍摄的两部狄更斯小说影片《孤星血泪》(*Great Expectations*, 1946)及《苦海孤雏》(*Oliver Twist*, 1948)中也见到相似的摄影方式，说不定英雄所见略同。

另一个值得注意的特色是惠勒的摇镜头——特别是通过窗户的推拉镜头。只有明眼观众才会觉察到，片中数度把镜头从外面穿窗而入，这是一种"偷窥"视角（如开场不久的舞会场面），但有时镜头又会从内景向外拉出来。我认为这种拍法代表了一种"疏离感"，把客观和角色的主观角度连在一起，天衣无缝，当然也间接表现了社会环境和个人感情之间的某种距离和冲突。由于希斯奇里夫是一个被收养的孤儿，他在这个乡绅社会中永远是一个外来者，他虽和嘉菲在同一个家庭长大，形同兄妹，但两人爱得死去活来（有的学者认为有乱伦的暗示）；后来嘉菲又喜欢较上等的乡绅家庭，并自愿嫁给邻居的艾德加（Edgar），令希斯奇里夫愤而出走。多年后，希斯奇里夫返回报仇，先买下他原住的咆哮山庄，然后……

故事不必多说，从这一个情节就可以看得出来，改编的剧本很适合荷里活那种煽情戏的模式，然而问题也出于此。

荷里活通俗剧局限

作为一部文学作品，《咆哮山庄》和《乱世儿女》之不同（虽然二书出版于同时），是前者的内容极有深度，不仅是一个浪漫爱情故事而已。作者爱美莉·勃朗特（Emily Bronte）是一个桀骜不驯的天才型小说家，她在书中塑造了一个魔鬼似的主人翁——希斯奇里夫，他面貌黝黑，报复心切，形同暴君，根本不是影片所描写的浪漫王子，这就是荷里活模式的先天局限——不敢逾越约定俗成的规范，怕观众难以接受。例如希斯奇里夫的"恋尸狂"，他的挚爱嘉菲埋葬后竟然要破棺；他自己死前也和心上人的鬼魂交往，几近发狂。这部小说有不少非浪漫的因素，如"哥德式"（Gothic）的恐怖、吸血鬼、乱伦，更遑论内中对高等士绅社会的暧昧态度，这一切细节和暗喻，影片完全忽略了，甚至连鬼魂也被美化了。

倒是另一部后来拍的影片——《咆哮山庄》（Emily Bronte's Wuthering Heights，1992）更忠实于原著，甚至把书中第二代子女的遭遇也包罗在情节之内，并由法国名女星茱莉叶·庇洛仙（Juliette Binoche）饰演母女两角，但成绩平平，毫无激情，而饰演希斯奇里夫的拉夫·费恩斯（Ralph Fiennes）则表演过分，有时又像是在背台词，不忍卒睹。片中还无缘无故地加进作者本人的角色，变成叙事者。不知何故，原著中分明是由一位佃农访客和一位管家妇作叙述者，层次分明，旧版影片大致也依照原著安排，只不过把佃农的角色减至最少，成了管家妇的听众。

相对之下，一九三九年的《魂归离恨天》是一个以传统方式改编的成功例子，它令我禁不住去重读原著，这次读的是英文原版，才发现当中别有洞天。

附带值得一提的是，张爱玲也写过一部电影剧本《魂归离恨天》，完全依照这部三十年代版的荷里活名片改写成中文（见《张爱玲典藏全集》第十四册，皇冠文化出版），但却把"咆哮山庄"搬到北京西山，人物全部华化了：女主角嘉菲变成叶湘容，希斯奇里夫改名端祥，情节完全依照电影，开场也是大风雪之夜,甚至连场景和对话都抄自影片。譬如在第一景访客留宿时也说:"我做了一个梦,仿佛听见有人叫唤,我起来开窗户,觉得有手拉我,大概做梦还没醒,看见一个女人……"(页181)和影片如出一辙。然而张爱玲却加了一个角色——湘容的母亲——代替了片中早死的父亲;英国北部的山野当然也不见了,但还保留了片中那块岩石;原来影片中希斯奇里夫出走后到美国致富,此处端祥则去了东三省关外,多年后返来见已婚的湘容时,对话还是照搬,只把原著中二人幻想中的印度王子和中国公主的字句,改成"蒙古王子"和"满洲公主"。

张爱玲在剧本中也用了少许电影镜头的术语,如 OS(oversound,画外声)、"化入"(dissolve-in,现用"融入")等。她在一场的开端是这样描写的:"风雪中,湘容形影出没,跌绊着遥向镜头走来。"(见第十场,页209)

只有到了结局最后一场戏,张爱玲倒真的做起导演来,对镜头的处理比惠勒还出色:众人夜里冒雪向岩石走去,"电筒惊起二鸟噗喇喇飞上岩去。镜头迅速地跟上去,赫然发现端祥躺在岩上,已冻死。音乐轰然加响,转入湘容所唱歌。镜头上移,见二鸟在岩上盘旋片刻,向天空中双双飞去。"

这段形象化的场景描写,使我想起鲁迅小说《药》的结尾,但又觉得不可能,这两只鸟必不是乌鸦,而是"鸳鸯蝴蝶派"小说中常套用的诗句:"在天愿作比翼鸟"。显然在张爱玲心目中,电影也不是什么高不可测的艺术,它不过是通俗文化的一种。

是故，我也喜欢看荷里活的老电影。

难以改编的《简·爱》

既然谈了《咆哮山庄》，不谈它的姐妹作《简·爱》难免有点遗憾。但是我当年的偏见至今犹存，还是觉得爱美莉·勃朗特比她姐姐夏绿蒂·勃朗特（Charlotte Bronte）才气高得多，所以更喜欢《咆哮山庄》。还有一个原因是电影，一九四四年，荷里活也拍过一部同名作品，导演罗拔·史提芬逊（Robert Stevenson），当中负责改编的，有一位是名作家赫胥黎（Aldous Huxley），但看来就是比不上《魂归离恨天》（不知张爱玲意向如何？她有一篇小说也拍成电影——《不了情》，情节似乎略似《简·爱》）。更重要的原因是，它早已被另一部名片所取代——希治阁（Alfred Hitchcock）导演的《蝴蝶梦》（*Rebecca*, 1940），实在太精彩了。此片改编自莫里哀（Daphne Du Maurier）的小说，虽然是二十世纪初的故事，但情节和《简·爱》像极，况且两片的女主角是同一个人——钟·芳婷。多年来我把这两部影片和两故事在脑海中混在一起，早已分不清了，甚至有时还忽发奇想：为什么希治阁和他的制片家塞茨尼克（David O. Selznick）没有选用小说《简·爱》来拍，而选了这部二流小说《蝴蝶梦》呢？

《简·爱》这本小说并非毫无看头，何况学者研究此书的也不少，几乎个个都认为作者创造了一个有主见的独立女性。这位家庭教师面貌平凡，但仍然靠真情和理性打动了她的主人罗彻斯特(Edward Rochester)先生。

从文学的角度而言,《简·爱》唯一吸引人之处,是故事中关于楼阁上的疯女人,这个典故成了一本著名的女性主义学术论著的书名:The Mad Woman in the Attic(《阁楼顶上的疯女人》),引述者甚多。这个疯女人代表的是一种维多利亚文化对女性的压抑(也有学者认为就是女主角简·爱自身性压抑的投射),也成了小说中的一个"哥德式"的鬼怪因素,甚至为这个浪漫故事添增一层心理的深度。诚然,这是后世女性学者的解读,并不见得是作者原意,但依然不容忽视,因为除此之外,小说的主要情节实在浅薄得很:一个孤儿在一间名叫劳活(Lowood)的女子学校关了十年,受尽折磨,后来到了一个乡绅家庭做家庭教师,并爱上了屋主罗彻斯特,然而,两人的社会地位、性格和容貌(简·爱是一个长相甚普通的"小女人")皆不相称,怎么会互相爱上了?原因当然是从简·爱主观的叙述中道出,包括屋主的"秘密"——楼上的疯女人正是他的妻子。只见两人历尽折磨,最后才终成眷属。当年这本小说之所以受女性欢迎,就是出自一种阅读心理的投射:毕竟,每一个普通的年轻女读者,似乎都可以认同简·爱,想象自己将来有幸嫁给一个既有钱又成熟的中年"白马王子"。但罗彻斯特先生真的那么可爱吗?如果没有这段秘密往事,又有何浪漫资格可言?我看,还比不上《傲慢与偏见》(Pride and Prejudice)中的男主角达西(Darcy)。

幸好《简·爱》的老电影版的编剧是鼎鼎大名的赫胥黎,他是著名科幻小说《美丽新世界》(Brave New World)的作者,也是一九四〇年版《傲慢与偏见》的编剧之一,赫胥黎毕竟是个作家,他知道如何把原著中多余的煽情话删除,而在对话中存其精华(可见罗彻斯特初向简·爱示爱的一段话),并且温文尔雅。一九九六年的新版影片(法兰高·齐代里尼导演)中的大部分对话和场景都是抄袭旧版,其他乏善可陈。

在旧版影片中,疯妇本人并没有出现,只看到她在墙上的阴影;在新版中她的真面目露出来了,看来却大煞风景,毫无张力可言。一九九六年版《简·爱》更草草收场,连那场大火也处理得很草率,成了反高潮,更比不上旧版,至少在旧版末我们感受到一股断垣残壁的凋零气氛,奥逊·威尔斯也演得真切,新片中威廉·赫特(William Hurt)在大火之后只瞎了一只眼,一看就知道是化装。

附带值得一提的是,在这新旧两版之前还有一部一九七〇年出品的版本,由佐治·C. 史葛(George C. Scott)和苏珊娜·约克(Susanna York)主演,两人旗鼓相当,这位美国硬汉史葛竟然把中年英国贵族演得入木三分,比新版中软弱无能的威廉·赫特好多了。全片在英国实景拍摄,但观后依然印象不深(此片影碟乃郑树森所赠,特此致谢)。

改编高手:希治阁的《蝴蝶梦》

前文提到模仿《简·爱》的二流小说《蝴蝶梦》刚好"乘虚而入",情节的主轴就是这个已死去的前妻,名叫莉碧嘉(Rebecca），她表面上高贵大方，成了老管家妇的偶像，所以男主角新入门的年轻新妇处处受她歧视，然而，这位死去的前妻原是一个淫乱不堪的荡妇，最终更把丈夫逼得走投无路，令他被控谋杀，最后幸得新妇协助，洗雪冤枉，二人爱情最终得救，圆满结局。

这本原著的情节，如以现代角度看来，实在庸俗老套，仿佛故意模仿《简·爱》，只不过把疯女人变成淫妇而已，我买了一本来看，不到数页，就觉得内容浅薄而放下了。然而电影实在拍得精彩，毕竟是出自大师希治阁之手，即便从开头第一个镜头来看，如果对照原著，高下立见。

原著文字颇为抒情，开场描写一个梦境，并借着回忆带出来故事，相当老套，然而在希治阁的电影镜头下，那幢古堡式的Manderley阴影幢幢，像是鬼屋，气氛恐怖得多，但旁白依然照念原著文字，因此制造出一个既抒情又惊恐的场面，直追奥逊·威尔斯《大国民》的开场戏〔关于玫瑰花蕾（Rosebud）那段〕。随后镜头接到二人初遇时的蒙地卡罗，也有一场海边峭壁的镜头，又使我想到《魂归离恨天》。当然，这个"文本互涉"的关系全是来自我的联想，别人可能不同意。

此片的另一个特色是饰演管家妇的茱迪芙·安德逊（Judith Anderson），她真把这个角色演活了，片末她不惜纵火自焚与大厦同归于尽的场面，直看得我惊心动魄。而罗兰士·奥利花的演技也更合他本来的风格，再加上佐治·山打士（George Saunders）饰演的坏蛋，可谓不作第二人想。我认为希治阁的最大贡献是处理"哥德式"的惊悚片戏，当然他已经是公认的大师。在此片中,他的导演风格并不故作夸张,往往将诡秘因素暗藏于十分写实的场景中,而从细节上着手。《蝴蝶梦》有一个经典镜头:当男女主角第一次驱车开入 Manderley 的时候,这幢大厦是从汽车的后镜中反照出来的,镜头本身就是一个"魔法",拍出来的"现实"当然也魔气十足。更遑论镜头照明的巧妙运用——女管家出现的几个关键镜头,灯光是从下往上打的,这一向是惊悚片的一贯招数,源自二十年代德国表现主义的经典电影。

总而言之,希治阁的电影魔术,直把一部普通的二流小说"魔化"了,戏剧性的张力当然十足,真可惜他没有重拍《简·爱》。

值得附带一提的是,拍摄英国名著小说的电视剧集——特别是英国 BBC 制作的——多不胜数。这些剧集有优有劣,我没有全看。但电视剧集和影片拍法不同,前者可以分数集加长,所以极易容纳原著中的大部分情节,和两三个钟头长的影片不同。然而,这种连续剧也受到种种客观形式上的限制,很难展示导演的个人风格,反而让负责改编的剧作家占了主位。

还有一位一生以改编英国古典名著为职责,作风也以此见称的美国导演占士·艾佛利(James Ivory),他甚至创出此类影片的新典型。场景真实,服装、布景细致,故事交代得温文尔雅,演员也称职,但我看不出有什么其他特殊的风格。我最欣赏的一部他执导的影片是《告别有情天》(The Remains of The Day),但原著却是故意"仿古"的,作者是英籍日本人石黑一雄(Kazuo

Ishiguro)。

法式狂野版《咆哮山庄》

刚完成《咆哮山庄》与《简·爱》的文章之后,在坊间偶然购得一套法国版的《咆哮山庄》DVD,英文名仍叫 *Wuthering Heights*,法文名叫 *Hurlevent*(即英语 Windswept,直译是"咆哮之风"),导演是新潮派名匠积葵·利维特(Jacques Rivette),电影出品于一九八五年。寻得此片,我如获至宝,回家赶着看,却颇为失望。也许是我早已有先入为主的"浪漫情绪"吧,觉得此片是一部极端反浪漫的作品。

此片经改编原著后的情节和荷里活版威廉·惠勒导演的如出一辙,亦省去了第二代儿女的故事,但却把时间和地点从十九世纪的英国移到二十世纪三十年代的法国山村、穷乡僻壤,在荒芜凄清的石屋农庄中展开一场悲剧,彻底解构原著中所有的浪漫余晖。片中的主要人物皆年轻疯癫,只有中年女仆是个正常人。故事开端有希斯奇里夫〔本片中改名洛治(Roch)〕和嘉芙莲的恋爱,像是一对野孩子在山上乱跑,而她的兄弟从第一个镜头就尾随其后偷窥,愤愤不平,故意虐待洛治,遂引起后者的报仇情绪。总而言之,利维特把原著中的"时代感"和"感情结构"(structure of feeling)一笔勾销,只把故事骨架完整地保留下来,"时过境迁"之后,却把原著中被压抑的原始情绪表露无遗。

这类被压抑的情绪,如用心理分析的理论来研究,则大有文章可做，此处不拟从这个方面着手。我反而觉得利维特的导演手法如同处理舞台剧，把人物内在的情绪用外在的动作表现出来，但全片对白不多，人物都十分粗暴，没有礼貌，处处用身体的语言来表现"原始"激情，例如片子开始不久，这对情侣在山石上疾跑的几场戏，就展现了这种野性。有了野性，暴力倾向也呼之欲出，但利维特毕竟是法国导演，和美国的森·毕京柏（Sam Peckinpah）等"暴力大师"风格不同，处理得并不过头。

此片的另一个特色是三场梦境的场面和真实无异，完全摆脱电影中惯用的手法，诸如"融入"或"融出"。也没有任何蒙太奇镜头，但深焦长镜则用了不少，表现出来的真实感，仿佛超越了日常生活的现实场景，进到一种悲剧层次。此外，全片没有配乐，只用了三段奇异的合唱音乐。令我想起希腊悲剧中的合唱团，朗诵声似在背后"评点"主角生命中早已注定的悲剧，所以我猜电影理论家或学者可能会很喜欢这部影片。

必要的感性

然而，为什么我——也是学者出身——看后会颇感失望？如果我用学术理论继续分析下去的话，说不定愈说愈精彩，但依然压不下原有的失望情绪。原因之一当然是这本小说的改编方式早已被惠勒的经典名片定了型，作为一个影迷，我也不免产生"先入为主"的印象。原因之二可能出于我对于文学原著本身的一份尊敬，非但觉得其艺术价值超过《简·爱》，而且更认为内中的文化和历史因素——包括英国当年的社会阶级和价值观——不容被改编得体无完肤,因为除掉这些因素之后,所剩的原始激情已不足观,毕竟它不是希腊悲剧或莎翁戏剧,而是一种"时代产物",所以我不能纯从理性或理论角度去推敲。

走笔至此,不禁想到另一个问题:为什么我故意不用学术方法来写这些电影文章?"普及"只是一个表面的原因,也许自己过了不惑之年之后,真的希望对文学和电影——特别是我心目中的经典——作一种感性的反应,于是不免"走火入魔",不能自拔,甚至"荒废"学术。

其实研究文学名著改编的学术论著也不少,所持的观点,大多是反对尊重文学经典的"忠实论",而偏向文学和电影这两种媒体在本质上的不同,甚至更偏向改编后影片超越原典,产生新一层的文本互涉关系。这些论点,我大致也同意,然而我认为西方理论独缺一种假设:完全不读书(遑论文学名著)的人,看了这类影片会有如何反应?现在香港还有谁愿意重读《咆哮山庄》或其他文学经典(除了在英文中学课本上必读)?这是一个愈来愈普遍的现象。

在二十一世纪"重拾经典",需要一种特别的承担心情,至少痴者如我,还在拼命抓住"阴魂不散"的文本,聊以自娱,并为文公诸少数同好。

必然的缺失：
细谈《战争与和平》之改编

今晨终于从书架上找到托尔斯泰的巨著《战争与和平》的最新英译本，开始阅读。

这本英译本，一出版就备受推崇。两位译者李察·皮维亚(Richard Pevear)和拉莉莎·维罗康斯基(Larissa Volokhonsky)是一对夫妇，丈夫的母语是英语，但谙法语和俄语，太太是俄国人，出生于列宁格勒(现改回原名圣彼得堡)，珠联璧合，被译界公认为最得托翁文学语言原汁原味的英文。

我在中学时代曾读过此书的中译本(译者是谁至今也记不起了)，大学时代，似曾翻阅过康士坦斯·加奈特(Constance Garrett)的英译本，但也早已忘得一干二净。

此次重读，原因有二：一是这对夫妇译著实在了不起，已经把所有重要的俄国文学经典(包括杜斯妥也夫斯基和托尔斯泰的大部分作品)译得差不多了。我买的都是平装本，价钱便宜，这本《战争与和平》，我在美国一家书店以半价购得，仅售十美元,折合港元七十八元,只不过是一场电影的票价!怎能不买?

视觉在先文字在后

以《战争与和平》来说,我看过三部改编的电影。最有名的当然是柯德莉·夏萍主演、京·维多(King Vidor)导演的一九五六年荷里活版;但真正由俄国人自己拍的《战争与和平》(1967,长达八个小时)毕竟出类拔萃,导演是邦特卓克(Sergei Bondarchuk),我千方百计才找到此片的DVD版,看完之后,心情激动,甚至做了一个类似皮亚(Pierre Bezukhov)想暗杀拿破仑的梦!当下醒来,觉得该开始重读这部"人文文本"了,似乎托翁在天之灵在向我召唤。后来在台北又偶然买到另一套《战争与和平》的影碟,二〇〇七年版本,号称是集法、德、意、俄、波兰五国联合拍摄的电视"迷你影集",共四集,至少也有八个多钟头,但演娜塔莎(Natasha Rostova)的女主角却是一位名不见经传的英国女明星,看来全不是味道。也许,在我的心目中,娜塔莎这个角色早已非夏萍莫属,连俄国版中那位女主角也和她有几分相像!

所以,在未读原著之前,我已经被这三部影片的先入为主的观影经验所统治,真有点对托翁不敬,然而,这个经验未尝不是一种常态:视觉文化在先,书本文字在后,甚至连原著也忘了。现在的香港青年,还有谁愿意读托尔斯泰、杜斯妥也夫斯基?恐怕连作者名字都记不住。

其实，与其把《战争与和平》作为小说，不如视之为史诗，但它又不像荷马（Homer）的神话史诗，托翁自己认为此书是一种历史年鉴（chronicle），不过当中故事是虚构罢了。全书的主轴由一八一二年拿破仑侵俄并占领莫斯科开始，确是一段史实，托翁花了大量工夫研读当时战争的史料，甚至把拿破仑和他的对手——俄国的库杜助夫将军（Field Marshal Kutuzov）——也变成小说中活生生的人物。

人物角色编排有序

用中国的说法，《战争与和平》就是一部历史演义，只不过原书写作时期（1863—1868）较这段历史（1805—1812）只晚了半个世纪而已。故事中的三个主角——娜塔莎、皮亚和安德烈（Andrei）——虽属虚构，但皮亚的原型是托尔斯泰自己，而娜塔莎这个角色更似他的妻子，她初嫁托翁时才十八岁，与娜塔莎的年纪相若。

三人之中，谁最重要？以一九六七年版本来说，由俄国影片的导演邦特卓克自导自演，当然把自身担演的皮亚放在首位；相比之下，美国影片则由夏萍的芳影凌驾一切，演皮亚的亨利·方达（Henry Fonda）和演安德烈的米路·花拉（Mel Ferrer，时为夏萍的老公）都成了陪衬；至于那部电视影集，至今我仅剩下少许印象，可见三位主角都不够分量。

其实，全书的真正主角还是那场拿破仑侵俄的战争，它改变了俄国贵族的自保自满心态,也间接导致俄国社会结构的逐渐解体(一八六〇年沙皇解放农奴,贵族知识分子在自省之余,部分走向革命之路)。

所以,此次重看原著也想从第三卷第一部——拿破仑带兵侵俄——开始。不料翻开全书第一页,就被一段法文镇住了,心想俄文小说怎么有这么多法文(英译存真,只把译文注于页尾)?后来思之,领悟托翁自己也是贵族,自十八世纪起,俄国的贵族阶层都会说法文,而且处处以法国文化为典范。妙哉!原来托尔斯泰所描写的是战争阴影下的俄国贵族社会。第一卷第一章写的正是一个典型的贵族晚会(法文叫作 soirée),书中重要角色皆在此现身。战争的"前景"是"和平"或是粉饰太平,两者互为表里,托翁在小说结构上煞费心思,刻画出整个十九世纪初俄国贵族社会的缩影,从这个层次而言,岂不是和《红楼梦》先后辉映?

所以,我还是乖乖地从第一页看起。

"狐狸"与"刺猬"

《战争与和平》的背景是战争,托尔斯泰描写的是拿破仑挥军侵俄之战;然而他用"和平"的前景把这场战争衬托出来。到底哪个主题更为重要?

除此之外,其实还有一个更重要的主题——历史,但托翁描写历史的手法却与史家不同,他的史观更迥异。以赛亚·柏林爵士（Sir Isaiah Berlin）曾以此为题写了一本小书，名叫"刺猬与狐狸"（*The Proper Study of Mankind*），不料出版后这个书名不胫而红，屡次被人——包括我自己——引用，几乎把书中的内容忽略了。为了重读托翁名著，我也顺便把这本小书重读一遍。

这个书名的由来是古希腊诗人阿尔基洛科斯（Archilochus）的一句话："狐狸知道许多东西，但刺猬只知道一件大东西。"以赛亚·柏林爵士恰好把这句名言套用在托尔斯泰的历史观上。

托翁是一个狐狸型的艺术家，但他却试图找寻一个历史学家无法解释的"刺猬"式的定理。简而言之，托翁认为战争是自古以来就"预定"（predetermined）的命运：人类注定要互相残杀，但人人却"事后孔明"，试图给予各种"自由意志"的解释，所以托翁最反对的就是"英雄创造历史"的说法，当然更反对拿破仑。在他为《战争与和平》出版后写的后记——（有关《战争与和平》的几句话）——中已经表达得十分清楚。而柏林爵士则引经据典——特别是托翁写此小说时受到法国小说家史汤达尔（Stendhal）和保守思想家迈斯特（Maistre）的影响，将之分析得更细致，唯没有谈及托翁的叙事技巧。

作为一个狐狸型的艺术家，托翁的史观也是从怀疑入手：他怀疑所有俄、法两国史家对于此次侵俄之战的观点，却十分同情"小人物"，因此创造出一系列的贵族人物，故意从这些人物的"自由意志"观点去窥测历史的意义。他刻画出一个时代有关"生活肌理"（texture of life）的真实，作为写照，并从各个人物的联系中织造出一层层的人情世故和悲欢离合的情节，这就是

"和平"的部分。

《战争与和平》全书共分四大卷,每卷又分三至五部,每部又分数节到数十节,洋洋洒洒数百万言,英译本也足足有一千多页。幸好我用的最新译本有各章内容提要,而且我又看过三个电影版本,情节和人物早已熟悉,这个准备功夫,我自认值得向有心的读者推荐。然而,我却因此得到一个结论:托翁的写实手法实在太细致了,任何电影技术都无法"再现"书中的文字魔术,所以看完这三部影片之后,我便迫不及待地找原著求证,发现还是小说精彩得多。第一流的文学名著,几乎是无法改编成功的,何况是这种巨构小说。

所以,当我读到战争的章节时,把电影和柏林爵士的论述也忘得一干二净,整个身心都浸淫在托翁的小说世界中。

生和死:文学的永恒主题

全书的战争场面,主要集中在两场大战:一是一八〇五年的奥斯特里兹战役(Battle of Austerlitz),又名"三皇会战"(*Battle of Three Emperors*),因为三个皇帝——法兰西皇帝拿破仑、俄罗斯沙皇亚历山大一世和奥地利皇帝法兰西斯一世——皆亲自参战,结果拿破仑大胜,遂挥军入俄境。第二场战役就是一八一二年俄法两军在"波洛狄诺"(Borodino)的大战,双方死伤数十万,结果不分胜负,最后俄军统帅决定撤退,拿破仑因而得以进占莫斯科。

不必然的对等：文学改编电影

我先读奥斯特里兹战役（见原书第一卷第三部第十四到十九节）。这段描写，三部影片皆草草了事，只排出几个大场面而已，反过来三片皆拍出安德烈奋勇抗乱、执旗呼唤部下反攻的一景，然而，安德烈受伤昏迷之后的感受其实更重要。小说中，他看看头顶的蓝天，悠悠苍苍，顿觉自身的渺小，于是叹道："为什么我以前从来没有看到这个崇高的天空？"〔英文从原文直译，"崇高"（lofty）一字用了至少三次。〕然后又自忖道："是的！一切都是空的，一切都是虚诈，只剩下这片无边无际的天空，只此，只此而已，甚至连这个也不存在，只剩下沉寂和宁静。感谢上帝……"（见皮维亚和维罗康斯基英文译本，页281）其实小说中这段话至关重要，唯有一九六七年的俄国片重现出来。荷里活版没有；电视片集更只交代一句！可见俄国人读此书，犹如华人读《红楼梦》一样，经典章节，绝对不会遗漏。

以上一段话，恰是托翁历史观的注解，甚至还带点道家"天地不仁"的意味，但他可不是道家，这段情节只不过是一个预兆而已：这场战争可说为下场更惨烈的战争铺路，安德烈在之后一场战争中重伤，并在娜塔莎爱护下不治而死。他的生死观，在书中有更透彻的描写。

生和死原是文学上的永恒主题，托尔斯泰也以此为轴写出一部永垂不朽的历史小说。

"战争"与"和平"的吊诡

一本永垂不朽的作品,对作者、对读者都殊不容易。

初读《战争与和平》的读者,可能会觉得全书的第一卷第一部(约一百多页)有点松散,读来沉闷。但到了第二部,战云已起,俄军到了奥境,引发上文提及的奥斯特里兹战役,托尔斯泰的笔法逐渐引人入胜。从第三部第八节沙皇阅兵开始,就进入战争情况,托翁从一个小人物——娜塔莎的哥哥尼古拉(Nikola Rostov)——的视角来描写,巨细无遗,连沙皇亚历山大穿的马靴也不放过,更带出一股民族主义的激情。

这场战争,托翁花了将近五十页的篇幅。但到了一八一二年的波洛狄诺战役,双方死伤更重,托翁叙述得更详细,足足有一百三十多页(见第三卷第二部),甚至在开始第一节就先把自己的历史观写出来:他认为任何战争皆胜负难测,根本非任何战略战术计划可以主导,相反,是靠参战的千千万万人——从统帅到士卒——临阵的情况和感受,这是一个无法预测的未知数。士气虽然很重要,但即使士气如虹,也不一定打胜仗。

波洛狄诺战役是一场俄法两军的决死战,双方打了整整一天一夜,不分胜负。俄国的统帅库杜助夫本以为战胜了,决定次日乘胜直捣法军阵营,但夜里各路消息传来,俄军早已伤亡大半,所以决定撤退。开战时拿破仑下令集中炮火猛击俄军中翼,但却不见俄军撤退,个个死守至殁,不禁大为惊奇。这和他以前经历过的几场战役大不相同;以往都是在一轮炮火猛袭或军队进攻之下,对方就溃不成军,抱头鼠窜,怎么这次不同,难道这就是俄国的国民性?托翁的"全知观点"在此很自然地进入拿破仑的主观意识之中,历史也就变成小说。

如果这是一部军事史或战争的历史演义,拿破仑必然是主角,但托翁却没有在他身上花费太多笔墨,反而把小说的主人公之一皮亚置于前景,从他的眼中来体验这场战争。皮亚是贵族,但非军人,他执意要到前线去观战,先于大战前夜到安德烈的军营,拜访这位好友,但遭受到冷眼对待(安德烈有个预感,自己会战死沙场)。

第二天开战,皮亚迷迷糊糊地混进俄军的主翼,走到一个炮兵的据点,那些炮兵初看他痴愚好笑,后来却视他为亲人,边开炮边说笑,既荒谬又温馨,最后炮兵队全部阵亡,皮亚也莫名其妙地碰上进攻的法军,并和一名法国军官肉搏起来,双方于惊悸之余各自逃生。这是一段极为精彩的描写(只有俄国版电影拍了出来),它不但暗示了皮亚整个人生观的改变,而且也显示出"战争"与"和平"的吊诡。

英雄主义的推翻

此时的托翁并非一个完全的反战姑息主义者(晚年才是),只不过他把战争中的英雄主义彻底推翻。在这两场大战之中,双方主将在阵后都看不清楚,拿破仑伤风,脾气暴躁,服侍他的人却要他一边观战一边吃早餐！库杜助夫则是时昏时醒,在前一场战役恹恹欲睡,自知必败;到了后一场大战,他手下的各员大将(不少是德裔)和参谋屡屡献计,他却未决可否,最后以为赢了,还不知前线伤亡惨重,只有发令全面撤退,以保存军队元气,连莫斯科也不要了。

我认为托翁的这种写法,是以"狐狸型"的怀疑观点去管窥历史,并演义出一套"刺猬型"的历史观。然而其中的吊诡之处,是英雄不能创造历史,历史也不能创造英雄;《战争与和平》中没有真正的英雄,却创造了不少难忘的人物,而战争也改变了他们的人生观。皮亚、安德烈和娜塔莎这三个主要人物,分属三个不同的贵族家庭,这三家的命运都因这场拿破仑侵俄的战争而连在一起;娜塔莎先与安德烈订婚,但他出战时她却爱上一个浪荡公子,正是皮亚的妻子海伦之兄,并故意上门勾引,可是二人私奔之计被皮亚即时阻止。战争使安德烈负伤而死,却使得娜塔莎成熟起来;战争也令皮亚看透人生,放弃一切财产,甚至不惜与不贞的妻子离异,最后却大难不死,终于和娜塔莎结婚生子。

这个主要情节又暗含深意,简言之,托翁探讨的主题是人生幸福的真谛,没有经历战争,何知"和平"的幸福？和平的日子过得太久,又跃跃欲战了,人类的历史似乎就在作不断的循环:一治一乱,无由终结。人的幸福是短暂的,也脱离不了这个命运。托翁晚年时只有在宗教哲学中自寻解脱,这是后话。他写《战争与和平》时才三十多岁,正当壮年,精力旺盛,创作欲望更强,写这部小说足足花了五年工夫,数易其稿,所以在小说结构上相当尽善尽美,读这本小说,不能只看战争,其实和平的场景更重要。

"和平"较"战争"难写

托尔斯泰如何写"和平"?这是一大挑战。写拿破仑侵俄的战争有史料可寻,他在小说中也引用不少史料(但不忘揶揄史料的不可靠),但"和平"的气象却是从当年日常生活的现实中一点一滴勾画出来的,所以更难写。

我觉得《战争与和平》的叙事艺术,最大的特点是巨细无遗——结构巨大,但细节更丰富,直把十九世纪初侵俄时代的贵族生活描写得淋漓尽致。

先谈结构。全书五大卷,两场战役分别安置在第一和第三卷尾,第二和第四卷则尽量铺陈这三家人物的错综复杂的关系,到了最后的第五卷,皮亚在莫斯科被捕成囚,随法军撤退,大难不死,对人生得到新的感悟,全书的两大主题——"战争"与"和平"——终于得到解决(resolution)。到此,我们才知道全书的主角其实是皮亚,他从一个浪荡公子的糜烂生活中,迷糊地承继家产、结婚也离婚,后来经过多层磨难,终于了解人生真谛。他的好友安德烈是他的偶像,造型上像是英雄,但战争的洗礼使他领悟到生死的真正意义,他在第四卷第一部尾安宁地离开人间。可以说,安德烈死前的梦,显然也反照出皮亚和娜塔莎活下来的意义。娜塔莎在这两个爱她的男人的呵护下,经历了一场情劫以及战乱逃难,终于知道什么才是真正的爱情和婚姻,这是一个典型的成长主题。没有经过战争,生活的幸福就无足珍贵了。

"狐狸"式的东敲西击

不少人认为托翁在小说中说教太多,到了后半部更是如此,我不以为然。此次重读,反而觉得内中反思人生的情节更令我感动,也许是自己也上了岁数,对人生有所感悟吧!作为一个伟大的小说家,托翁对于细节的铺陈,绝非其他作家可望其项背。不少理论家曾经指出:写实主义的小说技巧,细节最重要。哈佛教授占士·活(James Wood)在其《小说技巧是怎样》(*How Fiction Works*)一书中特别提到这一点:例如托翁在第四卷第一部第十一节写皮亚看到一个受枪决的俄国囚犯,在眼睛被蒙起来的一刹那还拉了一下遮眼布,似乎感到不舒服,这个小细节,看似毫无意义,他为什么故意这么写呢?又奥威尔在一篇散文中叙述一个死囚往枪决刑场的路上碰到水坑,也不自觉地绕道而行,这个故事可能是作者亲眼见到的事实,但相比之下,托翁以上的着墨却是虚构。说到底,这就是文学的魔力,一个伟大的小说家可以看到历史学家在史料中看不到的东西,而将之"照明"(highlight),犹如电影中的特写镜头,可是,现实中又有多少读者和观众会注意到呢?甚至连俄国电影版本也没有拍到遮眼布这细节呢!

托尔斯泰是一只大狐狸,他的笔法就是"狐狸型"的东敲西击,但任何细节都不放过。随便再举一两个例子:皮亚和众酒友在酗酒比赛时,竟然有人被罚和一只狗熊跳舞;把这只动物放进来,似乎有点夸张,但也有画龙点睛之效。皮亚迷糊地向海伦求婚之前,托翁非但把他出尔反尔的内心思潮一字不漏地涌现出来,而且最后海伦亲吻他之前叫他把眼镜取下,就更是神来之笔!荷里活电影看多了,可能觉得是俗套,但托翁写小说的时代还没有电影,俄国作家除了契柯夫(Anton Chekhov)之外也鲜能写得如此细致(事实上这一段又只有俄国版电影拍了出来)。

　　有些语言上的细节则完全出于写实小说内容和形式的需要。托翁在本书中描写的是俄国贵族社会,这些贵族非但腰缠万贯,个个拥有两三栋"豪宅"——包括莫斯科和圣彼得堡两大都会的宫殿式住屋和夏天避暑的别墅,而且仆人一大群,乡下还有数十到数百个农奴听喝使唤(托翁和不少贵族知识分子一样,晚年对此深感内疚,遂有解放农奴之举)。贵族的生活方式极为奢华,各种社交排场——从舞会、宴会、饭局到歌剧院或剧院看法国剧,应有尽有,有时还用法文大讲宫廷琐事和男女偷情"八卦"。托翁写这些场面也特别用心,甚至有点夫子自道。

　　全书以一名贵妇安娜(Anna Pavlovna)的宴会开始,第一句话就是法语,全书从头到尾,到处充斥法语句子,因为法语是俄国自十八世纪凯瑟琳女皇以降的贵族语言。多年前我曾看过另外一本"妙书",佐治·史丹拿(George Steiner)的《托尔斯泰或是杜斯妥也夫斯基》(Tolstoy or Dostoevsky)，这两位大师各有千秋。我以前一向钟情杜氏的作品，但近两年来反而喜欢托翁斯泰起来，预备继续重读他的另一部名著：《安娜·卡列尼娜》（Anna Karenina，从小说艺术的角度而言，此作品较《战争与和平》更成熟），也许原因之一就是杜氏的作品太沉重，写不了日常生活，而托翁呢，唠唠叨叨，什么都可以写得出来，而且写得精彩动人，发人深省。

添油加醋版本顿显庸俗

和学者专家的意见不同，我认为看此书之前不妨先看看改编后的影片，我看过有关《战争与和平》的三部影片，当然以一九六七年俄国版，即邦特卓克自导自演皮亚一角那部为首选。但俄国版太尊重原著，开始时观众可能觉得不习惯，而且全片长达八个多小时，加上最后大赞俄军对敌人的宽容，难免违反了托尔斯泰原著第五卷尾声的主旨。连故事的最后结局也省略了——即经过一场战争后终于回到和平，娜塔莎和皮亚结婚，生了三女一子，当年的少女娜塔莎成熟了，变成了一个略胖的家庭主妇。

当然，还有全书最后约三十多页有关历史观的长篇大论，任何影片都拍不出来。

如想了解故事本身的情节，可以参看二〇〇七年出品的电视迷你影集〔共四碟，总共也有八九个小时，罗拔·道汉（Robert

Dornhelm)导演〕,此片表面上看来颇忠于原著,但其实为了讨好观众,在不少细节上故意"加油加醋",原来的情节也被妄加修改,譬如原著中安德烈奉命出使维也纳拜谒奥皇,在影集中却直接见了拿破仑;又如皮亚在莫斯科想暗杀拿破仑,原著中只提了一句说他早已错过机会,但影集却大肆渲染。这些细节,修改后反而庸俗,不知是否导演或编剧之过。

选角影响观众接收

前文说过,这部影集的最大缺点是演员人选不当,娜塔莎看来像是英国小姐,倒是饰演她表姐桑尼亚(Sonya)的演员有点气质。扮安德烈的意大利演员尚称英俊,但毫无演技,而饰皮亚的英国演员根本不像那回事。三位主角全被饰演安德烈父亲的马哥·麦杜维(Malcolm McDowell)所压倒,但他表现得太过乖僻,并不合托翁的原意。然而三片之中,只有此片把故事的最后结尾交代出来。

至于柯德莉·夏萍主演的荷里活片《战争与和平》,我们早已被她美目倩兮的表情慑住了。感觉难免喧宾夺主!但仔细比较之下,夏萍的确和小说中娜塔莎有几分相似:"黑眼,大嘴,不算美,但是一个活泼的少女……她纤细而裸露的肩膀,她的小腰裹在饰有花边的内裤中,低跟鞋,正到了既不是少女还未成少妇的甜美年龄",只不过夏萍演此角时已非少女,而且玉腿纤长,又与饰演安德烈的米路·花拉结了婚。花拉倒是气质潇洒,恰似安德烈。可惜饰演皮亚的亨利·方达太不像俄国人了,他那副忠厚的表情,让我想起亨利·占士(Henry James)小说中流落在欧洲的美国人,而片中的部分外景看来也像英国田庄,美国人拍俄国小说,就不是味道!

总而言之,三部影片加在一起还是比不上原著小说精彩。这又再次证明,电影和文学之间的一种吊诡:往往一本二流小说可以拍成一流的影片,但一流的名著却不一定如此。然而为什么《战争与和平》再三被重拍?而且大动干戈,往往动辄千万?我猜除了它的经典地位外,还在于托翁笔下的人情味,当中剧情也包含了不少通俗的因素,这里试就它和另一部名片《乱世佳人》(一流影片,二流小说)作个比较:二者都是描写贵族生活(后者写的是南北战争前夕的美国南部庄园社会);二者皆以一个女主角在战火中成长为主线,她也爱上两个男人。"俗套"无妨,端看两者情节骨架的内涵有多少深度和幅度。相形之下,玛格丽特·米雪(Margaret Mitchell)浅薄多了,岂可与托尔斯泰相提并论?然而《乱世佳人》影片却较《战争与和平》影片出色得多。这就牵涉到作家的思想造诣和文字艺术的本质了;两部名著相较,毕竟是小巫见大巫。

悲悯之情渗透全书

托翁的写实技巧的确不同凡响,前文说过,他用的是"全知"观点,但又可以进入每一个角色的主观视点之中,这种技巧和福娄拜的客观手法大异其趣,也和现代写实小说不同——后者往往从一个主观的叙事人物的眼光中去看世界,或用间接手法显示(showing),但并不解说交代(telling)。托翁一反此道,全书从头到尾都不停地做解说;事无大小,人物的各种心理变化,皆叙述得十分仔细,甚至不惜以大量文字描写。托翁为何如此?我认为这种技巧的出发点是作者对他笔下所有人物的同情心和宽容(唯独拿破仑例外)。事实上,全书字里行间很少读到尖酸污蔑的语气,甚至对于"坏蛋"〔如勾引娜塔莎的安纳托(Anatol)〕也是如此。这种悲悯之心可谓是渗透全书的道德主旨和托翁的人生观。

其实在托翁笔下的悲悯之心就是平常心,它往往见诸平民或平凡小人物;自命为英雄的人也最缺乏此心。安德烈初想当英雄、争荣耀,后来终于在战场上负伤后释然,在病榻上做了临死之梦以后,更连死亡也看淡了。另外,皮亚也是如此,他最后从一个同被法军监禁的囚犯身上悟到了人生智慧,这个小人物的名字叫柏拉图(Platon),寓意再清楚不过,是一个平凡之至的平民哲学家,但他每天却过得很快乐,和他身边的小狗一样。可以说,皮亚和这位哲人相处日久,耳濡目染,也逐渐体会到平常心的意义。这一段情节,在夏萍主演的荷里活版本中反而表现得最突出,因为饰演此角色的,是大名鼎鼎的英国老演员约翰·米斯(John Mills)。

全书最后的历史"总结",有点啰唆,实在看不下去,幸好有柏林爵士的名著《刺猬与狐狸》早已为我们解说过了。有关《战争与和平》的数种中译本,以前通用的是耿济之的译本,最近的新译本由草婴(盛峻峰教授)自俄文译出,盛教授是托尔斯泰小说的翻译专家,此一译本肯定够水准。我最近才从坊间买到,足足两大厚册,略略翻阅之后,发现原书中法文并未还原,但以不同字体的中文印出,阅读起来更方便。有心读者不妨参阅。

看电影不如看原著：
《安娜·卡列尼娜》透视人生真谛

说完（其实是说不完的）《战争与和平》，理应续谈托翁的《安娜·卡列尼娜》。然而我觉得自己的准备功夫不足，贸然从事，恐怕令读者失望。因此，在写此文之前，先谈谈准备功夫。

在这个视觉影像挂帅的时代，我的入门方法就是先看电影。改编自《安娜·卡列尼娜》而又受注目的同名影片至少有三部，依出品时间的次序是一九三五年格丽泰·嘉宝（Greta Garbo）主演的美国版《春残梦断》、一九四八年慧云·李（Vivien Leigh）主演的英国版《安娜·卡列尼娜》和一九九七年苏菲·玛素（Sophie Marceau）主演的欧洲版《爱比恋更冷》。至今我还没有找到俄国版。〔注一〕

嘉宝造型气派不凡

可是，这三个版本，一个比一个差，我在失望之余，还是回到原著的新英语译本,出自《战争与和平》的那对夫妇译者李察·皮维亚与拉莉莎·维罗康斯基之手。由于我是先看影片,后读原著。在观影的过程中,我先发现三部电影的一个共同点:这三部影片都是由一位女明星领衔主演,两位男主角——安娜的情人和丈夫皆成了陪衬,和夏萍主演的《战争与和平》一样。前文提过,后者的真正主角是皮亚,而不是娜塔莎。

年轻时代,我就听过父母亲讲《安娜·卡列尼娜》的故事。他们那代人崇拜嘉宝(连毛泽东的夫人江青也如是),因此也特别喜欢嘉宝主演的这部影片,尽管故事距离原著甚远。至于这部小说的故事是否就如此简单——有夫之妇安娜爱上英俊的军官弗朗斯基(Vronsky),导致婚姻失败,不容于社会,终于酿成跳轨自杀的悲剧。嘉宝的银幕形象,从父母亲那代传给我,早已主宰了我的前半生,令我坚信不疑——嘉宝就是安娜!

慧云·李高贵亲切

看过《春残梦断》的观众(DVD 版仍可买到)都会同意,嘉宝的造型的确不凡,而且贵族气息十足,她略带瑞典口音的英语也令人误以为她是俄国人。但她的演技还是比不上英国版的慧云·李,后者除了气质高贵之外,还有一份亲切感,自杀时的演出十分投入。此外,饰演其丈夫的名演员赖夫·李察逊(Ralph Richardson)比她演得更精彩,处处压倒了形象温柔的弗朗斯基〔基隆·摩尔(Kieron Moore)饰演,如今已名不见经传〕。可惜此片的导演朱利安·杜维威尔(Julien Duvivier)手法老套,和他执导的《翠堤春晓》(*The Great Waltz*, 1938)相差甚远,后者动感十足的摇镜头在此也不见了,连这对情人的炽热恋情场面也不能发挥尽致,十分可惜。

相形之下,反而是嘉宝版的老导演克拉伦斯·布朗(Clarence Brown)的手法不凡,一开场的军官饮酒筵席长镜头就不同凡响。虽有嘉宝领衔主演,但片中故事首先介绍的却是弗朗斯基〔由年轻的法德烈·马殊(Fredric March)饰演〕的浪荡生活,并由他的关系转入原书开始的情节:另一个人物奥布朗斯基(Oblonsky)的家庭纠纷。我认为这一个切入点颇为可疑,它直接把安娜和弗朗斯基作为主要人物,二人的恋情贯穿全片,其他人物和情节成了可有可无的细节,这也是荷里活影片传统的特色:情节一以贯之,从头到尾表达得很清楚;言情片更添加煽情成分,制造高潮。

这符合托尔斯泰的原意吗?如果小说果真如此,它顶多是一个爱情故事而已。

倒是慧云·李的英国版颇尊重原著,全片开始时镜头指向奥布朗斯基一个人睡在书房沙发上,原来他太太发现他和法国女管家有染,一气之下把他撵出卧房。然而情节发展下去,却有点拖泥带水,远较嘉宝的美国版为差,至于托翁的原著是否也拖泥带水?容后文再作讨论。

第二部分　名著改编电影——不必然的对等

苏菲·玛素演技精湛

苏菲·玛素的欧洲版本由《不朽真情》(*Immortal Beloved*，电影讲述贝多芬的爱情传奇)的"深情导演"班纳德·罗斯(Bernard Rose)执导,据闻是第一部深入俄国拍摄外景的欧洲片,圣彼得堡的实景的确真实动人,而且电影音乐采用十九世纪俄国作曲家柴可夫斯基的音乐,由我所敬佩的苏堤爵士(Sir Georg Solti)亲自指挥(他也负责《不朽真情》中的贝多芬作品配乐),片长一百一十分钟,较慧云·李版略短,但较九十五分钟的嘉宝版长得多,可惜万事俱备只欠东风,此片独缺一股真情,全被美丽的画面取代了。班纳德·罗斯是二流导演,不配改编托尔斯泰作品,他不知不觉之间把《安娜·卡列尼娜》庸俗化了。我在失望之余,也顾不得欣赏苏菲·玛素——她倒的确是一位真性情演员——的演技了。

从影片回到文字。任何一个没有读过原著、只把书本捧在手上(和我在数月前的情况相仿)的读者,必定会感到不解:难道整整八百多页的小说只描写一个爱情故事?当然不是。此书至少有两条主线,也叙述了两个截然不同的爱情故事:一条当然是安娜和弗朗斯基的恋情,当中也牵连到安娜的丈夫卡列宁(Karenin)所形成的三角关系;另一条却是姬蒂(Kitty,原名Ekaterina)和里云(Konstantin Levin)徐徐燃烧的爱情。安娜是奥布朗斯基的妹妹,她来调解哥哥和嫂嫂的婚姻,因而认识了弗朗斯基,但姬蒂早已爱上了他,弄得一直对姬蒂情有独钟的里云(一个类似《战争与和平》中皮亚式的忠厚人物)失恋,这又是一个三角关系。你猜这两个爱情故事如何结局?当然是姬蒂和里云终成眷属,而安娜和弗朗斯基却经不起考验,以悲剧结束。

这两条线索代表了两种爱情和婚姻关系:原来托尔斯泰写的不仅是爱情,更是婚姻和家庭,由此看来,真正的男主角不是弗朗斯基,而是里云,至少二人形成一个对称。所以在原著开端才有这句名言:"所有快乐的家庭都是一样;所有不快乐的家庭却各有其不快乐之处。"前者的代表是里云和姬蒂,后者的代表才是安娜·卡列尼娜的家庭,其不快乐的主要原因就是安娜的婚外情。

家庭小说中的平行对照

《安娜·卡列尼娜》英译本的夫妇译者皮维亚和维罗康斯基在此书的序言中说:这本巨著是属于所谓"家庭小说"(Family Novel),但在十九世纪七十年代——此书写作和出版时代——已经显得十分保守,当时的俄国激进知识分子如车尔尼雪夫斯基(N. G. Chernyshevsky)已经对于家庭和婚姻制度大肆攻击,主张性解放和公社制度,而托尔斯泰却故意反其道而行,花了极大工夫写出这一部他视为真正小说的巨著(相反,《战争与和平》他自认并非完整的小说),来发扬他的保守观点:婚姻神圣,家庭快乐才是人生的最高理想,而女人的任务就是结婚生子。所以从现今女权主义的立场而言,托尔斯泰是一个不折不扣的"男性沙文主义者"。如此看来,《安娜·卡列尼娜》岂不是大逆不道,或早已过时?

我不以为然,文学作品的内容并不一定能和作家思想和背景画上等号,它甚至可以与作家原意背道而驰。不少行家早已指出:托翁是一个充满矛盾的人,如果他彻底奉行自己的保守信念的话,一定会把安娜·卡列尼娜这个不守妇道的女人写成一个"淫妇"!在最初构思时他的确有如此想法,但写着写着,逐渐产生同情,最后竟然把她写成一个既平凡又高贵,最后为情而死的悲剧人物。她的情人弗朗斯基反而显得平庸了,但作者也没有把他置于死地,最后却让他参军作战去了,虽然生死未卜,但他的此生已无甚意义。

前文提过,全书的真正男主角是里云,他和《战争与和平》中的皮亚极为相似,更是托翁自己的写照,从头到尾是一个正面人物,然而托氏照样把他写成一个有七情六欲的凡人,毫不"样板"。安娜和里云适成对照,两人互相认识,但不熟络;两人的个别经历是互相独立而平行的,到了最后故事结尾才显示作者的原意:一个不幸而自杀,另一个则得到婚姻和家庭的幸福。

这种平行对照的方式,在后来的一本现代小说——维珍尼亚·吴尔芙的《戴洛维夫人》(*Mrs. Dalloway*)中再度出现,看来吴尔芙虽然读过《安娜·卡列尼娜》,但她的叙事技巧已非写实主义了。

什么是写实主义?这个文学上的名词看来简单平凡,但在欧洲文学史上并非如此,至少这部托翁的小说就和法国小说家福娄拜的《包法利夫人》一向被学者视为写实小说的典范——大异其趣,此处不能详加比较。

原著小说更见不落俗套

两位译者在序言中又提到:俄国十九世纪的几位小说大师,没有一个人〔屠格涅夫(Ivan Sergyevitch Turgenev)是唯一的例外〕初时能够适应长篇写实小说的形式需求,连果戈里(Nikolai Gogol)的《死灵魂》(*Dead Souls*,鲁迅译为《死魂灵》)也没有写完。托尔斯泰自认《安娜·卡列尼娜》是他的第一本写实小说,因为他故意接受写实小说形式上的限制。它必须写一小撮主要人物(本书中共有七位,互相都有姻亲关系),而且必须以当代为背景,写的不是英雄而是凡人(虽然这本小说中的凡人都是贵族),他们过的也是平凡的日常生活。

从这个尺度来衡量,《安娜·卡列尼娜》当然和《战争与和平》不同,因为内中没有战争,也没有控制所有人物的历史大事件。然而也有相似之处。俄国十九世纪的贵族生活,基本上没有什么改变,直到十九世纪末,才逐渐有民粹主义的势力兴起,这股激进势力(车尔尼雪夫斯基是一个开端)逐渐导致二十世纪初的革命。

十九世纪俄国贵族享有城乡两种生活方式:他们在莫斯科和圣彼得堡有豪宅,在乡下则有田庄和农奴,甚至在一八六〇年

第二部分 名著改编电影——不必然的对等

解放农奴后,贵族依然靠农民养活。里云是一个少数例外,他和晚年的托翁一样,十分关心农业和农民生活,宁愿住在乡下田庄,不喜欢城市,他进城的目的就是访友和求婚,但他心中的偶像姬蒂初时对他没有爱意而拒绝了。小说第一部前半(全书共八部,每部约三十章,每章则甚短,仅三四页),安娜尚未登场,里云已经在第十三章向姬蒂求婚了。前面几章大多是次要人物奥布朗斯基的故事,他对妻子不忠,导致家庭失和(其实是为后来的卡列尼娜家庭布下一条"伏线"),但我读到此处,已经放不下手了,托翁表现了他无与伦比的"狐狸手法",不知不觉潜入姬蒂心里(只是依然用第三人称的客观叙事):

"她呼吸急促,没有向他看。她陷入狂喜,她的灵魂洋溢着欢乐,她从没有想象到他的求爱声音会对她造成如此强烈的印象。但是这只不过是一瞬间的感觉,她想到弗朗斯基,于是以忠诚的目光看着里云凄然无望的面孔,匆匆地回答说:'不行……原谅我……'"

这几句看来简单的句子,为什么读来如此动人?因为作者早已为这两个人物的个性、背景和气质等等细节交代得一清二楚,而且不落俗套。他一方面直接交代,一方面用侧写——从奥布朗斯基的角度和姬蒂母亲的心中打算来描写这两个人物:里云向姬蒂求婚,早已是众人预料之事,姬蒂也早已胸有成竹,但当里云突然冒冒失失地求婚时:"我要说……我要说……我来就是为了……这个……做我的妻子!"她还是禁不住心情激动。就那么几句话,把一个十八岁的少女心情刻画入微,托尔斯泰文笔的魔力震撼人心——至少令我这个读者着迷。你说他拖泥带水吗？一点也不。如果把这段描写和上文提到的班纳德·罗斯的影片来对照着看，非但高下立见，而且影片显得庸俗之至。

可以说，安娜和里云这两个人物引发的两条故事主线，在小说中互相起伏，直到终场。这两个对比角色的不同命运，却联结成全书的主要内容和意旨。另一位俄国小说大师纳布可夫（V. Nabokov）在他的《俄国文学讲义》(*Lectures on Russian Literature*)一书中有专章讨论这本名著，他认为这是一个"道德情节"：安娜和包法利夫人不同，她不是一个小镇妇人在做白日梦，她为了爱弗朗斯基而献出她整个生命，而弗朗斯基呢？用纳布可夫的话说，却"不是一个很深刻的人，也毫无才华，倒是很时髦"；他也是一个"鲁钝的家伙，思想平庸"。而里云的思想却一直在演变，心灵逐渐成长，他的心路历程也印证了托翁本人正在求索的宗教理想。纳布可夫又说：好在此书完成于托氏求道得道之前，所以幸免于说教。

安娜之死

是时候谈谈女主角安娜。没有阅读《安娜·卡列尼娜》之前，我以为她是一位伟大的女性，为情而死，哀艳动人，不愧为千古悲剧英雌——这一切都是受了嘉宝主演电影的影响。看了这本小说，才领悟到她不过是一个凡人，为爱情而痴狂，终于想不开而跳轨自杀。她的情操并不高贵，甚至有点自私，对于她的一生（事实上故事的时间只有四年——一八七二至一八七六年），托尔斯泰自始至终保持了一个客观但又不乏同情的态度，这当然是出于写实主义的手法。

为什么托翁不把她塑造成一个"茶花女"式的浪漫女性，虽然失足于欢场，但对爱情却忠贞不贰而自愿牺牲自己，来成全恋人亚尔芒家庭的幸福？我想除了写实主义的形式要求之外，还有其他的原因。

纳布可夫在他的《俄国文学讲义》中说：托翁认为爱情有两种：一种是里云和姬蒂之间的宗教式爱情，二人基于互相尊重，并愿意自我牺牲，终于能得到婚姻的幸福，这是"形而上"的；另一种是安娜和弗朗斯基的爱情，他们之间却是基于肉欲关系，唯爱情不能全是肉欲，因为它是自私的，而自私必会导致毁灭，所以它也是有罪的。社会没有权利来审判安娜，安娜也没有权利用自杀来惩罚弗朗斯基（见纳氏英文原著页147，Harcourt Books版本），说到底，那是她的"原罪"使她无法自拔而终究自杀。我想现代人一定不会同意这个观点，即使在十九世纪俄国贵族社会，婚外情也是司空见惯的事情，只要不明目张胆逼着丈夫离婚就好，因为事关名誉和社会地位问题，人言可畏，连三十年代上海的阮玲玉也因此而自杀了，消息传出，大多数人的反应都是一掬同情之泪。那么，对于安娜的自杀结局，作为现代读者的反应又该如何？

就我个人的反应是——同情但并不为此感动流泪，反而里云和姬蒂那一对的爱情倒令我感触良深，如此看来我岂不也成了托尔斯泰宗教道德的信徒？我再三反省，觉得并非如此。这部小说之所以耐读，正因为托翁把这两对贵族情侣的感情发展，写得丝丝入扣，但依然没有把他自己的道德观点强加于故事之中。纳布可夫说得好，很多读者对于托翁的作品的反应都很矛盾——喜欢他的小说艺术和叙事手法，但不喜欢他的说教，然而我们也很难把他的艺术和说教分得开，有时我们"恨不得把他的说教演讲台一脚踢开，把他关在一个荒岛石屋中，给他一大堆纸笔，让他不理人间杂事，尽情去描写安娜的白颈和黑发吧"！

以上说法当然行不通，因为作者必须在世俗生活中挣扎奋斗，用小说来探索"真理"。纳氏又曾说：俄国所有的小说家都在寻求人生的真理，但俄文中"istina"这个字的意义，又和另一个日常生活中的真理或真实（pravda）不尽相同，前者是不朽的，是一种心性的明灯，我认为几乎可以和宋明理学中的心性相辉映（然而明朝只出了一个小说大师李渔，冯梦龙尚在其次，两人作风和托翁迥然相异）。话又说回来，我们也不能太过哲理化，应该从生活的细节描写中窥测托翁提炼真理的手法。说来说去，又是刺猬和狐狸的问题：托翁自以为是追寻真理的刺猬，其实他还是一个艺术高超的狐狸。

安娜之一念生死

我要特别把安娜自杀的那段高潮拿来做例子（即全书第七部，第二十六至三十一章）〔注二〕，从安娜初有死亡的念头到她最后断了气,足足有将近二十页的描写,我看得惊心动魄,明知道她会死,但读时依然想让她活下去,能够带读者有这种反应,恐怕只有少数小说大师如托尔斯泰可以有如此功力。托翁独特之处是叙事顺理成章,一环扣一环,他文中标示:"死亡活生生地呈现在她面前,是唯一使他心中恢复对她的爱,也是惩罚他并战胜自己心中和他作战的恶魔的方法"(见第二十六章),然后逐步堆砌安娜的情绪变化——她先想吞食鸦片,但又觉死得太容易,不足以使弗朗斯基感到罪咎,于是睡在床上再想下去,但她想的全是世俗之事:怀疑恋人不贞(见第二十七章),又坐着马车到奥布朗斯基的太太(姬蒂之姐)家去诉苦,碰到姬蒂,二人都曾爱上弗朗斯基,所以安娜心里觉得姬蒂仍然仇视她(见第二十八章),然后又在马车中胡思乱想,决定去车站(见第二十九章),到了第三十章,她开始胡言乱语了,想的全是自己对弗朗斯基的爱,在说与想之间,托翁的叙述文字已经达到一种"意识流"的效果。

可在当时还没有"意识流"这种手法〔欧洲现代文学史上,直到二十世纪初的显尼志勒(Arthur Schnitzler)和乔伊思(James Joyce)才开始采用〕,但托翁却从客观写实的角度直接进入角色的主观情绪,造成内心独白的效果。到了第三十一章,安娜已经上了火车,到了另一个小城的车站下来,等候弗朗斯基的回信,他果然没有来,而和另一位女士相亲去了,安娜觉得这是背叛,于是顿生跳轨自杀念头。

这个念头出自她自己的回忆:早些时她曾亲眼看到一个铁

不必然的对等:文学改编电影

路工人误被火车轧死(在三部影片中皆大加渲染)。于是她算好在列车哪一节车厢驶近时跳下去,自言自语地说:"就在那中间,我要处罚他,也要消除所有的人,还有我自己。"这毕竟是一时气愤,托翁继续写下去——在没有跳下去之前,安娜习惯性地画个十字,"它引出灵魂中一系列的回忆,从童年到青春少女,突然一阵黑暗压蔽一切,而生命在一刹那间呈现在她面前,带来所有过去的欢乐",这真是所谓的"回光返照"!但安娜还是目不转睛,注视着第二节车厢的车轮,然后扔了红手袋,一跃而下,但又好像要站起来,最终还是跪下,"就在那一刻,她被自己的行为吓坏了,'我在哪里?我在做什么?为什么?'她想站起来往后倾,可是一件威猛的巨物推向她的头,从上轧过去,'上帝,饶恕我的一切!'她说着,感到无法抵抗……"。此段最后一个长句子(英文译文甚长,想原文也是如此),说她的生命的烛光终于摇晃、转暗而永远熄灭了。

试问有谁能写得如此细腻而又不落俗套?托翁观察他小说中的人物,从头发到心灵,任何细节都不放过,他的文章似乎在跟随着角色走,直到最后一刻。和《战争与和平》相较,《安娜·卡列尼娜》创造了另一种"整体性",它不是历史大叙述的整体,而是现实生活中人情世故的"完善",这两部名著皆以细节见长,以小窥大,透视人生的真谛。有心读者如能每天读几章,细细品味,必较看两三个小时的电影滋味为佳。

注一:本文只谈到三部改编自《安娜·卡列尼娜》的西

片,尚有一部粤语片《春残梦断》,也源出于此书,经老友郑树森即时指出,我一时尚未找到此片的影碟,待看后再作评介。另外,《战争与和平》还有一部更长的二十集电视影集版,一九七七年由英国广播公司(BBC)发行。安东尼·鹤坚斯(Anthony Hopkins)饰演皮亚一角,我竟然懵然不知;《安娜·卡列尼娜》也有一部由英国广播公司出品的电视影集,我亦未睹,但在网上可以看到选段。经树森提醒,在此一并致谢。

注二:纳布可夫书中有《安娜最后的一日》一节,描写得更仔细。他讨论这本小说,足足花了一百页,巨细无遗,无与伦比,拙文从中借镜甚多,唯纳氏并未讨论《战争与和平》。俄国小说家中,他认为托翁第一,依次排名是:果戈里、契诃夫和屠格涅夫。而杜斯妥也夫斯基则较四人之下相差甚远。

被放大的爱情：
比读《齐瓦哥医生》的小说与电影

苏联作家波里斯·巴斯特纳克（Boris Pasternak）的小说《齐瓦哥医生》（*Doctor Zhivago*）于一九五八年获得诺贝尔文学奖，当时因受苏联官方压迫而拒绝领奖，反过来更声名大噪。小说早在苏联被禁，被辗转偷运至意大利，一九五七年首次以意文译本面世，旋即再被译成多种语言在西方出版。我首次阅读此书约在二十世纪六十年代初于美国留学时代，但未读完。一九六五年，大卫·连导演的影片在美国公映，我观影后印象甚深，脑海中更逐渐把片中的景象与小说混而为一。

岁月匆匆，四十年过去了，二〇一〇年适逢巴氏逝世五十周年纪念，也是他诞生一百二十周年纪念，所以又把小说拿来重读一遍。此次先看该书的下半部，再续前缘（四十年前读的是上半部，但未读完），然后又重看这部经典影片，发现影片的后半部也比前半部好看，不知是否主观印象偶合使然。读完后不禁惘然，心想当今华文世界（包括内地）又有多少年轻读者会看此书?为此我先买内地最新译本《日瓦戈医生》,由蓝英年、张秉衡合译,人民文学出版社二〇〇六年版。还买了二〇〇二年英国 Vintage 重印的英译本。至于写这篇文章,本就是为了珍惜这段个人回忆。

比革命文学更珍贵

最近无意中在坊间买到一部《齐瓦哥医生》的重拍的电视片集,全长二百二十五分钟,较大卫·连的电影版长了一个半小时,不禁大喜,原来吾道不孤,经典还是有人继续发掘。

看过此书或影片的人,当然早已知道它的故事,其实当中情节并不离奇,表面上讲的是男主角齐瓦哥和一位有夫之妇娜拉(Lara)的婚外情,颇为浪漫,但故事背后的历史背景却是二十世纪初(约自一九〇五至一九三〇年)俄国的大革命,它显然不是从革命左派的立场来叙述的,是故作者一度被视为苏联的"反革命"异议人士。

时过境迁之后,我才终于理解小说的真正主题,原来是有关文学和革命、诗和人性、爱情和战乱之间的错综复杂的关系。大卫·连的经典影片故意专注爱情,将之简化为浪漫史诗,在此一层次的确表现不俗。而刚才提到的二〇〇六年电视片集〔导演亚历山大·普斯金(Aleksandr Proshkin)〕则将爱情更"现代化"了,故意添加性爱镜头,对人物之间的关系则交代得更清楚,然而两片对于这段惊天动地的历史,还是语焉不详。这也难怪,它令我想到这部小说的"原型"——托尔斯泰的《战争与和平》,两书相似之处不少,显然巴斯特纳克继承了托翁的传统,所以它不是"革命文学",但比革命文学更珍贵,更伟大。

全书的主角虽是一名医生,但他更是诗人,小说中多次谈到他对于诗的艺术观点,也提到同时代的不少俄国诗人和音乐家〔如马雅可夫斯基(Vladimir Mayakovsky)和史克利亚宾(Alexander Scriabin)〕,附录中收集了二十多首"齐瓦哥的诗作",那当然是作者巴斯特纳克自己写的。然而两部影片在这一方面皆无所发挥,幸好大卫·连还有点文学修养〔应该说他得益于该片的编剧家罗拔·保特(Robert Bolt)〕,有一场戏拍得十分精彩:寒冬深夜齐瓦哥正在写他的"娜拉诗",窗外荒野中听见狼叫,他走出门外把狼赶走,我认为这场戏是全片的精粹所在。唯可惜的是,我们在电影中可看不到他写的诗句,连一点俄文也没有!也许这就是视觉艺术和书写文学的基本不同之处吧。此次再翻看原著新版的英译本,发现当中也没有任何诗句在文本中出现,于是又去看附录中的诗篇,亦没有以娜拉为名的诗句,不禁为此失笑。

我这段寻诗的经验,却连带引起另一个问题:虽然我没有看过俄语原文——至今也没有这个能力——但总觉得英语译文不尽理想,文笔毫无诗意,甚至两位译者〔麦斯·希活(Max Hayward)和曼雅·哈拉里(Manya Harari)〕也在书前的《译者注》中自认力有未逮,并希望"将来此书在俄国出版后,届时会有一位译者的才华可以与作者相当",我认为此绝非自谦之词。因此,当我重读时只能从译文中揣测作者原来的文辞，徒劳无益，读诗时尤然，最终，只能在情节和细节中去推敲了。相对之下，内地版附录的诗由张秉衡直接译自俄文，相比之下，我认为较英译更精彩。

生命与艺术的价值

全书的上半部以情节为主，其实是以双线进行的：描述齐瓦哥和娜拉的各自成长经验（托尔斯泰的《安娜·卡列尼娜》故事也是双线进行的）。这两位主角幼年时代都有创伤：齐瓦哥的父亲自杀，娜拉尚未成年就和母亲的姘头高马洛夫斯基（Komarovsky）发生畸恋，初次得到性经验，她母亲得知后试图自杀，齐瓦哥和他的医学院教授及时来救，遂初次见到娜拉。第二次却是在圣诞舞会中，娜拉冲进来枪杀有钱有势的情人未果，两次都是偶合，但历史——第一次世界大战和一九一七年爆发的布尔什维克革命——终于将两人的命运连在一起。小说的"前景"全是人物和情节，背景却是动荡不安的大变局，这又与托翁的《战争与和平》吻合。托翁毕竟是大师，懂得令人物和历史交替出现，并且夹叙夹议，读来毫不沉闷（见前文）。巴斯特纳克在全书第一部似乎把历史轻轻带过，却在第二部着墨渐多，特别是苏联初成立时红、白二军内战的惨烈情况，令人读来心惊。

历史的大是大非，都成了齐瓦哥和娜拉的恋情"布景"，由是我觉得全书的后半部分外动人，因为作者描写的不只是大时代的两个平凡人物如何在热恋中求生存,而是更肯定生命和艺术的价值。全书的第十四章——《重返 Varykino》,特别是内中的第十三和十四节(这种章节分法也是源自托尔斯泰),读来令我感动之至。这两节写的是娜拉刚刚离去——这是生离死别——齐瓦哥一个人留在屋中从回忆和反省中追怀旧情,但也由此想到历史的意义,作者特别引了托翁的话:"历史不是任何人创造出来的,你不能创造历史,也看不见历史,正像你看不到野草的生长一样。"人和历史都在大自然的环抱中,看似不动,但生生不息,而革命只不过是"狂热的过激行动分子"引发的变动而已。

读到此处,我尤其体会到巴斯特纳克的伟大心灵,他不想超越历史,却以诗和爱情肯定人生。原来他自己也有过不只一段恋情,甚至他最后的情妇——也是娜拉的原型——也曾为他坐过牢,被放逐到西伯利亚劳改数年。

文学电影之形神合一：
珍·奥斯汀的两部经典

"It is a truth universally acknowledged, that a single man in possession of a good fortune must be in want of a wife."

珍·奥斯汀(Jane Austen)的名著《傲慢与偏见》的第一句名言,我至今还记得。第一次读这本小说,还是多年前念台大外文系三年级的时候,现在重读此句,当然感慨万千。内中最显眼的两个名词是 fortune(财富)和 wife(妻子),到底一个十八世纪的英国乡绅(landed gentry),每年收入多少才算是"财富"? 以现在资本主义尺度折算的话,到底等同多少英镑或美金?

这个答案,英美学者早已算出来了,只是意见不完全一致。《傲慢与偏见》的男主人翁达西每年收入一万英镑(算法是他全部财产的百分之五),换算现在可能是当年的三十三、六十,甚至两百倍,所以最高的数目是两百万英镑,生活够舒适了吧! 在珍·奥斯汀的那个时代(十八世纪后半叶),英国只有四百家每年收入在五千至五万英镑的乡绅,达西算是中等。相反,翻阅珍·奥斯汀的《曼斯菲尔德庄园》(*Mansfield Park*),内中的园主每年收入是一万二千英镑,当然,他在西印度群岛的奴工农庄收入还不算在内。另一部珍·奥斯汀小说《理智与感情》(*Sense and Sensibility*)开场,谈及那对吝啬夫妇只给其异母和姐妹五百英镑一年,也和当时珍·奥斯汀自己一家人(她母亲、妹妹和一个仆人)的全年收入(约四百六十英镑)差不多,算是乡绅阶级中最穷的低下层了。

傲慢不足浪漫有余

我唠唠叨叨列了一大堆数字,其实只是为了好奇:到底当年乡绅的"物质生活"是什么样子?最近看了电影《傲慢与偏见》(2005)的影碟,导演是祖·韦特(Joe Wright),内中有五六个英国贵族庄园的特别介绍,片中的几个实景就是在这里拍摄的。此片最大的特色就是强调达西的财富,他家的那幢房子,里面犹如博物馆,还有他自己的雕像,真是奢华之至;相形之下,女主角伊利莎伯·宾纳(Elizabeth Bennet)那一家七八口(父母和五姐妹,还有一两个用人)的小田庄就显得寒酸多了。如此贫富不均,两姐妹的婚姻也就是为了钓得金龟婿,所以奥斯汀的原著小说中也充满了善意的嘲讽,片中这五姊妹的母亲更是以嫁女为一生最大的职责所在。

此片的外景十分壮丽,彩色艳丽夺目(当然有电脑加工),

唯导演实在涵养不足，竟把一个十八世纪的奥斯汀世界拍成一部不伦不类的十九世纪浪漫煽情片，倒有点像《咆哮山庄》。我认为片中角色的个性"浪漫"有余，却"傲慢"不足，整部戏全放在女主角姬拉·丽莉（Keira Knightley）一个人身上，既然是这位大明星"领衔主演"，其他的演员只好作陪衬了。不错，姬拉·丽莉年轻貌美，生气蓬勃，和达西及其姨母争吵时寸步不让，然而她是否具备足够的"偏见"胆识和品格？其实她的"偏见"心理甚为复杂，经济因素是其中之一，但也暗含她对于财富阶级傲慢的反抗，但这种反抗心理在奥斯汀小说中既不越矩，也不表现于激情或冲动（如此则太浪漫了），而在于反唇相讥式的斗智。达西吸引人之处——特别对伊利莎伯——也就是他"傲慢"的本钱：在言谈举止中所表现出来的独特个性和睿智。相形之下，爱上她姐姐的他的好友彬利先生（Mr. Bingley）就平庸多了。

我看完此片后觉得很不过瘾，外表上美则美矣，但总觉得内中角色的深度不足，而且导演手法更有不足之处。失望之余，我只好从私藏老电影架上找到一九四〇年版的旧片再看一遍，这才发现：一切新片中的不足之处反而是旧片中的优点，而旧片的最大缺陷——外景太少，却由新片补足了。但是看来看去还是旧片过瘾，因为主演的是罗兰士·奥利花，这位演过莎士比亚戏剧的明星一举手一投足都是戏，而且一看就是达西！何况他所说的台词，更非新片中的那个小伙子（连名字也忘了，毫无贵族气度可言）所能匹敌。君不信，可以比较一下两片中的同一场景和一段大同小异的台词，皆摘自原著：那场达西说他为什么不

不必然的对等:文学改编电影

愿意和两位女士在房中散步？有两个原因:"一是如果你们说的是私房话,我不就犯了偷听隐私之罪？二是如果我想偷看你们的姿色,还是从这个外面的角度看最好!"对白大意如此,奥利花说起时含蓄而机智,相反,那个小伙子却像在偷偷地念台词,而且念得极不自然。

拍珍·奥斯汀的乡绅生活小说,竟然找不到真正绅士型的演员来演,还有什么戏可看？妙的是连旧片《咆哮山庄》的男主角也是奥利花,可见他将"傲慢"与"浪漫"聚于一身,如今看来,这种演员是"绝种"了。

改编珍·奥斯汀的小说,剧本当然要写得好,新版《傲慢与偏见》只能算是称职,当中仍有少许败笔,但旧片的编剧倒令我大吃一惊,编剧家之一竟是鼎鼎大名的赫胥黎——名著小说《美丽的新世界》的作者——而且改编的不是原著而是根据原著改写的另一本小说,但看来却更忠实于原著,文学气息甚浓。唯因为缺乏外景,全片倒像是一出舞台剧。一九四〇年左右是荷里活电影(特别是喜剧片)的黄金时代,同一年出品的还有"曲线喜剧"(Screwball comedy,指一种由女性主导的爱情冲突轻喜剧)经典《费城故事》(*The Philadelphia Story*),前一年有《乱世佳人》(*Gone with the Wind*),后两年则有《夏娃夫人》(*The Lady Eve*, 1941)和《北非谍影》(1942)。风气所及,连这部由一位二流导演罗拔·Z. 里安纳(Robert Z. Leonard)掌舵的《傲慢》,也与新版刚好相反。

第二部分　名著改编电影——不必然的对等

华人导演佳作

那么,能够室内室外兼美而又能改编得好的奥斯汀小说影片是什么？我的答案是李安导演的《理智与感情》,我最近又把此片影碟重看一遍,依然满意。此片外景之美,可谓是各片之冠,演员也是一流之选,只不过爱玛·汤逊(Emma Thompson)饰演埃莉诺(Elinor)一角嫌老〔和一九四〇年版《傲慢与偏见》中的姬莉·加逊(Greer Garson)一样〕,但由她亲手改编的剧本的确出类拔萃,最重要的是把当时人说话的词语声韵(不仅是英国口音)都表现得淋漓尽致,她得到最佳编剧的"金球奖"实在理所当然。

李安当年还是一个名不见经传的"外国"导演,经汤逊一手提拔,这位华人导演当年(1995)所受的心理压力可想而知。然而李安的个性似乎是压力或压抑愈大,表现得也愈好,全片没有不必要的高潮,两个多钟头的片长,把汤逊饰演的角色压抑到底,直至最后误解消融的那一刻,晓·格兰特(Hugh Grant)向她求婚,她的感情终于爆发出来,痛哭流涕。当年我看了感动,如今看后更感动。也难得李安可以把他幼时看的《梁山伯与祝英台》中的黄梅调情感压抑成十八世纪英国的礼仪矜持(decorum),而且处理得有条不紊。诚然,以影评家的立场来看,他的叙事手法十分保守,出自荷里活的传统,但他却能掌握住全片的节奏,先抑而后扬,有始有终。

相较之下,《傲》片新版的导演祖·韦特就处处显得夸张而沉不住气了。只看他们如何处理舞会的场面,就可得知一二:李安把故事和人物的感情带了进去,而祖·韦特只顾作场面调度和镜头安排,最多也不过把姬拉·丽莉的美貌拍成各种镜头。片中的另一位(过了气的)大明星当奴·修打兰(Donald Sutherland)饰演父亲,一头白发,也不大说话,显得十分孤僻,也不合我的口味。如果珍·奥斯汀的在天之灵也看到这部电影的话,不知作何感想?我猜她会说这样的话:"I am disappointed. This is not my idea of a father or of a family. You forget, Sir, how far back in years this story has been told, and how confined a purpose—Marriage and Money."

附注:未敢掠美,末句捏造的英文,乃改编自奥斯汀的《曼斯菲尔德庄园》第一部第九章中的一小段(见 Norton Critical Editions, P.61)。又英国 BBC 曾制作过电视剧《傲慢与偏见》,据闻成绩甚佳,可惜我尚未看过。

可能是改编最多的名著：
雨果的《悲惨世界》

西洋名著小说被搬上银幕次数最多的究竟是哪一部？我没有做过仔细研究，仅从一本较流行的电影参考书里安纳·麦田（Leonard Maltin）的《电影指南》（*Leonard Maltin's Movie Guide*）中，发现至少有两部小说曾经六度拍成影片：一是大仲马（Alexandre Dumas Père）的《三剑客》（*The Three Musketeers*），一是雨果（Victor Hugo）的《悲惨世界》（*Les Miserables*）；两书皆以法国历史为背景，作者也是法国名小说家，然而至今这两本书似乎都成了没有人读的经典。这两本小说在二十世纪初早已译成中文，我幼时读过，现在当然早已忘得一干二净，倒是影片中的部分形象依然记忆犹新。

《三剑侠》是老少咸宜的"通俗读物"，写的是义士勤王的故事，和中国通俗小说不谋而合，记得我幼时在台湾新竹的一家戏院连看数场，心神振奋，片子前段的一场公园斗剑尤其动人，主演达太南（D'Artagnan）的真·基利（Gene Kelly）原是歌舞片明星,所以斗剑如跳舞,看得我大声叫好。近日与友人重看此片的影碟,事隔半个多世纪,看到这个斗剑场面,依然叫绝,但却无心叫我重看原著了。

《悲惨世界》的警世寓言

《悲惨世界》的情况与《三剑客》不尽相同。雨果可谓法国的"国宝",他这部小说中的故事,不但在法国家喻户晓,而且在世界其他国家也甚为流行,被公认为是人道主义的经典。故事的主人公尚·华桑(Jean Valjean)原是一个囚犯,假释后习性不改,在一位教士家中借宿一晚,并偷了银烛台逃走,再被警察抓回,然而,教士一秉慈善救世的心肠,硬说是他送给尚·华桑的,教尚·华桑受到感动,改邪归正,并弃暗从良,后来更作了一个小城的市长。唯好景不长,一位新到任的警探怀疑他的身份,穷追不舍,一定要将他绳之以法……这段情节,至今耳熟能详,几乎成了"警世寓言"。

雨果在此书中也创造了两个不朽的英雄典型,一正一邪——正的来自"邪道",而邪的却是执法的警官沙威(Javert)。雨果的原意是人情胜过法理,人的良善本性,经过磨炼之后,早已变成一种道德上的普世价值,非任何法律条文所能规范。法国自拿破仑颁布其著名的法典后,进入法治时代,但显然和雨果所揭橥的人道主义有分歧,此书的历史背景也设在拿破仑刚刚战败之后,他的革命遗产在路易·拿破仑(他的侄子)登位后被扭曲了。社会上的不公平，恰恰需要正义，而尚·华桑恰好是正义的化身。在这部小说中，雨果又创造出两个受压迫的可怜女性——妓女芳婷（Fantine）和她的女儿歌塞特（Cosette）——作为人性和世情的代表。全书的上半部也以这两个女主角作为标题，然而在所有影片中，故事都被两个男主角盖住了。更不幸的是，全书的情节变成了一种追逐——坏警官沙威追好人尚·华桑。这个故事架构模式，后来被发展成一套美国六十年代的电视连续剧《亡命天涯》（*The Fugitive* 1963）；一九九三年，又拍成同名的电影，轰动一时，唯似乎很少人注意到雨果原著的影响，移花接木之后，根源当然早已忘了。

雨果把小说中的主要人物"感情化"。尚·华桑原是一块顽石，感动他的先是教士，但让他真正了解伦理感情的，却是两个女性，芳婷死后，尚·华桑把歌塞特救了回来，当成自己的女儿，力尽父道，最后还把"女儿"钟情的一名革命青年救出，使两人终成眷属。故事到此又演变成通俗剧。在故事最后高潮，警官沙威找到了尚·华桑，但却良心发现，跳河自杀，情节上的忠奸追逐终于得到一种道义性的解决。几乎所有改编此书的影片，皆到此结束，但原著故事并没有完——尚·华桑老年之后，还独居在"女儿"家附近，可这对新婚夫妇最初不知救命恩人是谁，直至最后又是一段相认的高潮情节，赚人眼泪。然而，我认为这一段尾声未免过分，雨果毕竟不是现代小说家，他不像福楼拜，他的小说中说教成分太重了。

不同改编各有特色

在所有改编的影片中,只有一部同名法国老片(1958)把最后这段情节原封不动地保留下来,这部影片的主角尚·加宾(Jean Gabin)是法国影史上的巨星,演此角非他莫属(而且还演过两次),全片长达三个半钟头,看时需要耐性。此外,另一部同名法国片〔1995,尚·保罗·贝蒙多(Jean-Paul Belmondo)主演〕恰好相反,且极有创意,导演兼编剧的利劳殊(Claude Lelouch)把这个故事改写成二次大战时期的现代故事,主人公故意提到自己的个性和经历,与雨果原著中的尚·华桑相似,甚至在片中还演了一段偷银烛台被捕的情节。利劳殊之所以用这种后现代手法来拍,用意不仅是避免重复老套的故事,而且是故意强调这个故事早已成法国人的"集体回忆",用这种方式向雨果致敬,堪称妙哉。

至于荷里活拍过的两个版本,现已制成双光碟出售,坊间应该买得到。一般影评家公认一九三五年的版本〔李察·波利罗斯基(Richard Boleslawski)导演〕较一九五二年的版本〔路易·迈士东(Lewis Milestone)导演〕好,因为前者的查理士·罗顿(Charles Laughton)把沙威这个角色演绝了,但我认为后者也不差,饰演尚·华桑的米高·云尼(Michael Rennie)的体形和演技恰如其分,而且表情诚恳,美中不足的是一口美式英文。两片的法国味皆不足,但雨果的这部著作早已成了世界经典,语言是否真实已不重要。

最新(1998)的版本也不示弱,由利安·尼逊(Liam Neeson)演尚·华桑,谢菲·路殊(Geoffrey Rush)演沙威,二人旗鼓相当,还加上另一位巨星奥玛·花曼(Uma Thurman)演妓女芳婷,全片在巴黎和布拉格实地拍摄,甚有历史真实感。导演是丹麦名匠比利·奥吉斯(Bille August)。至于歌舞剧《悲惨世界》,我曾在美国爱荷华城看过,场面颇为壮观,但音乐并不见得精彩。

前日到湾仔一家书店闲逛,无意中在英文书架上发现竟有《悲惨世界》的两个版本,而且价格甚廉,但却找不到中文版。看来此书尚有市场,至少有少数读者或在校学生愿意读。我在书店翻阅五六百页的未删节版后,本想买来回家仔细欣赏,但想想自己的书架上还有那么多西洋文学经典未读——包括《荷马史诗》、但丁的《神曲》,还有塞万提斯的《唐吉诃德》、杜斯妥也夫斯基的《白痴》、托尔斯泰的《复活》……想想还是算了。"重温经典"倒成了重看经典的影片。

白描手法刻画灵魂深处：
海明威的《老人与海》

日前在坊间偶然购到海明威(Ernest Miller Hemingway)《老人与海》(The Old Man and the Sea)的老电影影碟，一九五八年作品，大喜过望，返家后立即重睹。一晃又将过半个世纪了，上一次看还是在台湾念大学的时代，当时我在同班同学王文兴和白先勇领导之下，与《现代文学》杂志各好友读法国存在主义和美国文学，前者的代表人物是卡缪和沙特，后者的代表就是海明威。

海明威的小说《老人与海》篇幅不长，以当时我们的英文程度尚可驾驭，但却不能真正欣赏他所独有的文体，只知一味模仿，在作文班上依样葫芦，当然是画虎不成反类犬。

才华独树一帜

海明威之享誉文坛，除了他个人的传奇经历外（参加过欧战和西班牙内战、好到非洲狩猎、晚年住在古巴），全靠他的文体。文学界的人士众所周知，海明威有一个好编辑兼老友柏金斯（Maxwell Perkins），经过这位专家润饰后，海明威的才华方可独树一帜。当时我们这一群年轻的文学爱好者，当然不知其味，只觉得他的句子很长，用了很多 and 连串起来，读来别具一格。

《老人与海》更是如此，这是他晚年的作品，已经摆脱一切情节上的琐碎，专注于一个老人的心态和心理活动，他独自驾舟在海上捕鱼，碰上一条大鱼上钩，于是人和鱼展开一场拉锯战。我们当时把它和另一本美国小说《白鲸记》（Moby Dick）相比，觉得这部梅维尔（Herman Melville）的巨著实在太长，读来吃不消〔但有一部相当出色的电影版本，约翰·晓斯顿（John Huston）导演，格力哥利柏主演，1956 年〕。反而是《老人与海》较易懂，又富哲理性，但其深层意义何在？我们摸不清。后来香港的今日世界出版社（美国新闻处的机构之一）在老友戴天的主持下出版了张爱玲的中译本，前面的一篇长序〔乃海明威专家贝克（Carlos Baker）所写〕，是戴天托我译的，有幸为这部经典服务，与有荣焉。

文学气息浓厚

至今这部小说还是有人看，但恐怕没有人再去学海明威的文体吧！重看这部影片，发现几乎把海明威的原著照搬上银幕，用了很多幕后旁白和老人的自言自语，这应该是最忠实于原著的影片,然而却和荷里活的电影传统大相径庭。大部分的荷里活影片是以情节取胜,而且交代分明,最后堆砌高潮,有时也挖掘人物的心理动机,而镜头和场景是依附于情节之中的。这部影片一反常轨,大胆采用大量旁白,也以各种镜头捕捉大海的各个美景。德利西(Spencer Tracy)这个老演员全力以赴,全片看来文学气氛甚浓。然而即使如此,我还是感受不到原著文本中的神韵,它是由海明威独有的文体和文气来支撑的,表面上像是白描,把老人的一举一动——甚至肌骨酸痛的细节——都十分客观地描写出来,而老人的内心活动同样用这种间接手法来铺陈。

老人不是一个深思冥想的人,他的回忆有限,做梦只梦见非洲海滩上的狮子,但这一切细节都是为了建构老人不折不挠的奋斗精神,这种精神,可用福克纳(William Faulkner)得诺贝尔文学奖讲辞中的句语来代表(海明威也得过诺贝尔奖,但讲辞不佳)。

小说到了最后,老人拖着死鱼的残壳倦极而归,回到小屋睡熟了,又梦见非洲狮子,他毕竟 endure(忍受)也 prevail(战胜),并以这最后的壮举完成了他的人生意义。海明威创造出来的不是一个神话式的悲剧人物,而是一个活生生的"粗犷的"(rugged individual)个人。

影片虽忠于全书的意旨,但还是欠缺了一点东西,它只不过为原著故事绘了一幅幅活动插图(illustration),却无法以视觉的语言来再现海明威的文体。文字和形象(还有声音)虽是两码子事，但还是可以整合和对位的，然而此片没有做到。导演斯特奇斯（John Sturges）是一位西部片和动作片的老手，他的名作甚多，最著名的是《七侠荡寇志》（The Magnificent Seven, 1960），但这部《老人与海》非他的杰作，多年来也被人遗忘。

搬上银幕作品甚丰

海明威的作品被搬上银幕的甚多，可能是所有美国作家之冠〔相形之下福克纳就差远了，《声音与愤怒》（The Sound and the Fury）改编得很不成功〕。他的长篇小说《战地钟声》（For Whom the Bell Tolls）、《战地春梦》（A Farewell to Arms）和《娇似朝阳又照君》（The Sun Also Rises）皆被拍成五六十年代的名片，容易吸引观众，因为小说有情节，前两部更是歌颂战争（西班牙内战和第一次欧战）和爱情的伟大，现在看来影片有点煽情，还是不如原著小说精彩。我个人认为他的中篇小说改编的《雪山盟》（The Snows of Kilimanjaro, 1952）颇值得一看，因为气氛把握得很好。如果不管原著，只看改编的话，则另有两部影片更精彩：一是《江湖侠侣》（To Have and Have Not, 1944），影迷们津津乐道的是堪富利保加和莲柏歌在此片中真正"来电"；二是《杀人者》（The Killers, 1946），这部影片绝对是经典之作，其倒叙手法在当年更是创举，对话精彩绝伦，是一部"另类"的"黑色电影"（Film Noir）。老友郑树森曾向我大力推荐，果然没有令我失望。至于这两部影片是否和海明威原著相符，我也不再计较了。

最近偶然找到一部名不见经传的片子,名叫《少年历险记》(*Hemingway's Adventures of a Young Man*, 1962),像是为海明威立传,把他的早期短篇小说中的人物阿当(Nick Adams)变成海明威自己,再联系上小说《战地春梦》的故事。我尚未来得及看,想来不会精彩。

第三部分

改编个性之演绎

忠实、执迷与超越：
一人有一个卡夫卡

法兰兹·卡夫卡（Franz Kafka）是西方现代主义文学（Modernity）之父，他的小说早已成了经典，至今流传不衰，原因之一是他似乎是"预测"了在"现代性"影响之下，现代人的命运——孤独、疏离、焦虑和不安；而"现代性"的另一个重要环节——制度化和官僚化（Bureaucratization），甚至在过度程序化后因而引起的一种荒谬感——也在他的小说中展现无遗。当然更有学者从宗教的立场去探讨他的作品中的象征意义，或从心理和哲学层次来研究他小说中的人物——特别是那个有自传色彩的主人翁约瑟·K.（Joseph K.），这个人物早已变成二十世纪五六十年代兴起的"存在主义"指标。

跟荷里活背道而驰的文学作品

从文学意义而言，卡夫卡以（表面上看来）朴实无华的布拉格德语刻画出一个既写实又荒诞的世界,这个世界是支离破碎的,似乎是现代人心理的"外化"表现。他的德语句子相当长,以逗点分之,但又不像是维珍尼亚·吴尔芙(Virginia Woolf)式的意识流(吴尔芙反而受他影响),然而他的文句本身的逻辑还是完整的,一层层地推理到荒谬的极致,这在他的两部长篇小说《审判》(*The Trial*)和《城堡》(*The Castle*)中表现得最淋漓尽致,但这两部杰作却没有完成——特别是《城堡》——他就英年早逝了。

卡夫卡的小说独缺丰富的故事情节,一反十九世纪以人道主义为主导的写实主义传统。他小说中的人物大多没有充分的身世背景,也没有都市环境逼迫下的焦虑,其笔下的爱情和欲望是突发式的,毫无心理动机可言,浪漫主义式的男欢女爱更不必提。这一切似乎都和荷里活的经典电影传统背道而驰,所以荷里活也拍不出一部绝佳的卡夫卡小说的影片。唯一的例外是鬼才奥逊·威尔斯,他于一九六二年拍摄的《审判》至今仍然值得重看,但影评家对之毁誉参半,连我自己在重看之后也下不了结论——到底改编得是否成功?还有一部由诺贝尔奖得主哈洛·品特(Harold Pinter)改编的英国片《审判》(1993),我至今尚未找到。

看来卡夫卡还是欧洲导演的宠儿。米高·汉尼克(Michael Haneke)导演的《城堡》(1998)可谓忠实之至,甚至连结尾也遵照原著,突然中止;因为小说没有写完,所以电影也故意不拍完,然而这种改编手法是否就是"正道"?我认为亟待商榷。

以下是我对于这两部卡夫卡影片的初步探讨,有待将来补正。

威尔斯的卡夫卡

威尔斯是一名鬼才,生前改编过数出莎翁名剧,拍《审判》时又在筹备拍《唐吉诃德》,但最终胎死腹中。他似乎是一个满腹经纶(而且肚皮特大)的艺术家,往往色胆包天,《审判》就是一个大胆的尝试。

据网上资料说,他花了六个月时间编写剧本,大部分场景是在南斯拉夫和法国拍的——片中最重要的几场室内戏都采用巴黎那废而不用的奥塞火车站(Gare d'Orasy,后来被改建为博物馆),电影无法到布拉格去拍实景,是因为当时卡夫卡的作品在苏共统治下的捷克还是禁书。片中威尔斯用了大量欧洲演员,却全以英文作对白,因此他必须亲自为其中十一个演员配音,而且自演律师一角,主演约瑟·K.的却是美国演员安东尼·柏坚斯(Anthony Perkins),这位刚刚演完希治阁名片《触目惊心》(*Psycho*, 1960)的演员,在观众心目中已经定了型,表面上似乎很适合演K.这个角色,但依然未能发挥,因为卡夫卡的世界在中欧,主角那一口美国式的英文听来令人刺耳。

威尔斯的作风一向是不重演员演技,只重镜头和场面调度,此片更是如此。他把这个旧火车站拍成阴影幢幢的超现实世界,既为后来的科幻片〔如源自佐治·奥威尔小说《1984》的《妙想天开》(*Brazil*)〕开一个先河,又塑造出一个"反乌托邦"式的现代都市缩影,把小说中几段重要场景——K.工作的银行、法院的法庭、监狱和资料室,甚至律师的住所——这一切与制度有关的场景都一网打尽,真是鬼斧神工,了不起。片中最精彩的一场戏是 K.在法庭的自辩,我边看边对照英文原著阅读第三章(我用的是 Breon Mitchell 的译本,Schocken 平装本),发现竟然十分忠实,连 K.站的位置和庭上喝彩的听众都巨细无遗地照搬,发挥最大的视觉效果。其他各场戏,在气氛上处理得也不差,有两场外景——一是荒野的夜景,一是大广场中众多囚犯,在一个像是耶稣雕像下目瞪口呆——令我想到早期的费里尼的作品,既好笑又荒谬,不愧是大师手笔。

注定的缺失

威尔斯的本意,就是把这部戏处理成一个闹剧式(farce)的悲剧,我认为很合乎卡夫卡的原著精神。在原著小说中,这两个元素可以由作者独特的叙述语言连成一气,可是在影片中则难多了,它不可能容纳卡夫卡的那种推理式的逻辑语言(此书的基本调子就像法律,所以这种语言特浓,干涩涩的,甚至有点啰唆,而且都由 K.的主观叙述展示出来)。此外,书中显示的荒谬性又怎么办?我觉得威尔斯在这方面非但功败垂成,而且几乎无计可施。如果靠演员演技的话,那几位欧洲名角如珍·摩露(Jeanne Moreau)和罗美·雪妮黛(Romy Schneider)都没有派上用场,后者更显得太娇媚了,完全不像小说中的女护士和律师的情妇,爱莎·玛汀妮莉(Elsa Martinelli)饰演的法庭守门员妻子兼清扫妇更是如此。卡夫卡小说中的这类角色都不是什么高贵人物,倒是汉尼克的《城堡》真正找对了演员。

不过,即使这些演员个个精彩,依然无济于事,原因无他,原著故事的神髓并不在此,它是寓言性的,威尔斯不是不知,所以特别在片头加上一段艺术漫画点出全书的主题。这个寓言式的小故事(parable),本出自全书第九章教堂神父之口,颇有杜斯妥也夫斯基(他也是卡夫卡生前崇拜的作家之一)的《卡拉玛助夫兄弟们》的意味,威尔斯用在片头和片尾,并由他亲自朗诵(最后干脆由他饰演的律师角色用幻灯片讲出来),我认为是神来之笔,何不干脆全片皆用这种"点画银幕"(pin screen)方式拍出来?这当然是我的幻想,毕竟这在当时的环境是不可能做到的。

威尔斯拍片一向乱七八糟,受各种财务限制,不能慢工出细活,此片亦然,剪接本身就有待改善。虽然原著没有什么情节,但故事的结构仍然保持一贯性,换言之,是出自 K. 的遭遇所蕴含的荒谬逻辑。然而在片中原著的章节的次序改了(威尔斯自己指出各章次序改成 1、4、2、5、6、3、8、7、9、10),这并不要紧,但问题在于小说可以用九章分开叙述(最后一章极短,是个尾声,K. 被两个人用刀杀死,片中连这个结尾也改了),各成一个独立的短篇,但拍成电影却需要某种程度上的连接和"过渡"(transition),一般导演用的手法是过场戏,并以此交代剧情,威尔斯似乎对此毫不感兴趣,也许因为他是舞台剧出身的缘故,所以每场戏都十分戏剧化(但仍不忘表现各种镜头和光影处理),场景与场景之间毫无过渡,只见 K. 从一个房间走出来到另一个场景。各场景都在同一个舞台上,恐怕是受到客观条件(只能在火车站拍)的影响吧。有人认为象征主义或表现主义的场景不需要写实的场景,用灯光照明就够了,但威尔斯似乎又舍不得,故意在律师房间中摆了不少家具,荒谬感反而减弱了,况且,场景与场景之间极不调和,人物突然出现,没有看过原著的人更不知道故事说的是什么,连我自己也要边看边读才搞清楚,试问其他观众又怎会喜欢看?

也许,像卡夫卡的小说,既是第一流的文学作品,根本不可能改编为第一流的影片了。

汉尼克的卡夫卡

米高・汉尼克导演的《城堡》似乎较《审判》更可观〔还有一部一九六八年拍的德国影片《城堡》,由麦斯美伦・雪儿(Maximilian Schell)演约瑟・K.,我尚未看到〕,因为汉尼克来自德国传统,趣味相投,曾以改编《钢琴教师》(The Piano Teacher)出名,是不少知识分子影痴的偶像,由他来改编卡夫卡,可谓不作第二人想。

如将威尔斯的《审判》和汉尼克的《城堡》两部影片比较的话,可以说前者的缺点正是后者的优点,反之亦然。汉尼克太忠实于原著了,他故意把原著中的几个片段老老实实地拍下来,像是为小说作视觉的图解,而且故意用全黑空格分景,以显示原著的破碎结构,或者是作为一种剪接引用的方法。我曾把片中开始的每一段和原著的前几章对照,发现原字原句俱在,丝毫未动,但小说中的背景和人物当然形象化了。然而汉尼克所采用的手法还是写实的,特别是内景——如酒吧、K.的居室等——令人有身在其境的感觉。人物的造型更是惟妙惟肖,特别是饰演 K. 情妇的那位女演员,真是演得到家。饰演 K. 的德国演员乌烈治·谬希(Ulrich Müe)较安东尼柏坚斯成熟得多,半秃头,在冰天雪地下到处奔波,整个气氛冷冰冰的,但不乏情欲和荒谬感——恰是我想象中卡夫卡小说中的气氛。当然,片中的德语对白和简洁的旁白,更符合卡夫卡味。其他如片中的林布兰(Rembrandt)油画般的布景,同样值得大书特书,可还是待其他崇拜汉尼克的影迷和影评家来细述吧。

然而我看后却感到怅然,甚至不满意,为什么？我又重看部分片段,段段精彩,但却联系不起来,这当然是导演故意的安排。我的问题是:这就是原著小说的精神吗？我觉得并不尽然。

比起《审判》来,《城堡》的小说篇幅长得多,虽然没有写完,但整个故事却较《审判》更丰富,内中神秘的枝节更多,我看这本小说,觉得是在看一宗探案,从 K. 的立场去探索为什么这个城里的人个个为难他,只有几个妇人是例外。K. 的遭遇当然是典型卡夫卡式的:K. 受命到此城来做土地测量员,却处处碰壁,他想找到真相,却一头雾水,连那位官员的话也不尽可信,而 K. 想进入城堡去投诉,但堡内的权威主人又不露面。这个荒谬情节,却是以不少带有人情味的细节烘托出来的,如果完成的话,应该更可成为一部旷世名著。

我觉得这本小说中的深层结构被汉尼克的"支离破碎法"打散了,失去了它应有的哲理重量。到底这个寓言故事说的是什么?导演几乎连暗示都没有,他似乎太尊重卡夫卡了,不敢对原著作任何诠释,恰和奥逊·威尔斯相反;一个规规矩矩,一个天马行空。

苏德堡的卡夫卡

看完两大导演的《审判》和《城堡》,再看另一部影片《卡夫卡》(*Kafka*, 1991),是一个意外的收获。此片并非改编自任何文学名著,也不是卡夫卡的传记片,而是编剧家林·杜斯(Lem Dobbs)根据卡夫卡的生平和各种作品杜撰出来的独创剧本,聪明之至,再加上导演史提芬·苏德堡(Steven Soderbergh)的鬼斧神工处理手法,使得此片甚有看头,特别是熟读卡夫卡的作品之后,收获更大。

因此,讨论这部影片必须用一种"文本互涉"手法——非但把影片和卡夫卡原作文本互相对照,而且更牵连到片中各个细节与其他影片之间的指涉关系。此片情节中不少是抄自小说《城堡》和《审判》,但故事主轴却是卡夫卡本人的身世:他曾在一间"工人意外保险公司"工作;间中和友人去啤酒店谈天说地;他又曾订婚两次,后又解除婚约;他晚年一度和一位翻译他小说的女郎有感情纠葛，这些细节在片中皆有线索可寻。但我认为更可贵的，是编剧把作者身世和作品混在一起，并加上一层虚构色彩，变成一个新的故事，有时更妙不可言。

譬如卡夫卡从一个墓中秘密通道进入城堡，并与墓碑工人结成知己，这一段就是出自他的一篇极短篇小说：有一天约瑟·K.看到坟场有人为一个新墓刻碑，死者名字看不清楚，待他跌进墓坑中才发现原来墓碑上的名字就是自己！这段梦魇式的故事，在片中引出一个科幻又迭宕的情节；卡夫卡本人得以借此进入城堡，发现它原来不但是一个档案齐全的官僚机构，而且是一个科学实验室，将囚犯施以改脑手术。这一段情节本身就像梦魇，又是一种"后设性"的评论，它把卡夫卡小说中被后世学者引为现代社会的寓言的成分——如官僚机构、对人的集权控制等等——都放进去了，明眼人一看就知道，影痴们更可以在形象中看到不少其他科幻和恐怖电影的影子。

破旧立新致敬之作

也许有的影评家会对这段科幻插曲有所诟病，认为不必放进去，但我觉得它可以让鬼才导演大展身手。苏德堡一向是荷里活年轻一辈导演中的另类奇才，他的早期作品更是与众不同，如《性感的谎言》(*Sex, Lies, and Videotape*, 1989)，这部《卡夫卡》是他接下来的作品，也和《性感的谎言》一样，充满实验性和"影痴性"——他自己本就是一名"影痴"，在此片中他到处向其他经典影片"致敬"和"借镜"。所谓"致敬"（homage），指的是一种"引经据典"（quotation）的惯用手法，如片中的科学家叫茂瑙博士（Dr. Murnau），就是采用一位德国表现主义电影的导演名字，编剧家故意为之，已有致敬之意，苏德堡更借题发挥，把茂瑙拍摄影片的手法——阴暗场景以及滤镜创造出来的气氛和黑暗效果——都用上了。妙的是全片虽故意用黑白片拍摄，但内中的科幻场面则用一种旧式的彩色，并不鲜艳，气氛十足，似乎导演在向其他影痴们展示自己的双重胆识——既懂传统，又会创新。

更可贵的是苏德堡完全掌握了奥逊·威尔斯在《审判》中的各种花招——明暗对照、快速拉镜头、荒谬的场景等——把故事情节交代得更迭宕。如果我们把这两部影片互相比较并参阅卡夫卡原著的话，更会觉得美不胜收。

毕竟片中对于卡夫卡作品的引用和隐喻仍嫌不足，我认为卡夫卡作品中不少小寓言和小故事都没有被采用，诚为可惜，至少它们本可以丰富背景的素材。对于卡夫卡的名作如《变形记》（Metamorphosis）和《乡村医生》（A Country Doctor）也仅点到即止。另外可惜的是，片中情节更没有包括卡夫卡的父亲，只在最后一场戏中见到卡夫卡向父亲写那封长信，而信中的主要内容（儿子和父亲之间的争辩：前面一大段出自卡夫卡之口，但后面一段却由卡夫卡假想父亲的答辩）却没有引用。也许，由于情节的考虑，顾不了这么多书信了。

该片却在家庭因素之外加上一段无政府主义者的暗杀情

节,灵感不是出自卡夫卡,而是同一时代的英国作家康拉德(Joseph Conrad)的小说《特务》(The Secret Agent),有可能是编剧想凸显第一次大战爆发的时代背景——捷克当年原是奥匈帝国的一部分,况且无政府主义潮流的确猖獗一时。此片完全在布拉克实景拍摄,有的街道我还认得出来,实景和片中营造的"黑色电影"气氛配合得天衣无缝。导演又在背景音乐中用了筝瑟(zither)奏出主旋律,使影痴们联想到另一部奥逊·威尔斯主演的名片——《第三个人》(The Third Man, 1949),该片的背景是二次大战后的维也纳,威尔斯演的就是一个神秘的走私党人物,如此采用,使得这两部影片的文本互涉性又呼之欲出。

据称本片的编剧杜斯认为导演不尊重他的原意,拍摄出来的故事和原剧本差别很大,显然有"文人相轻"之意。经我上网查阅他的原剧本,发现有两处大改动:一是片头的追逐和刺杀场面,为原剧本所无,但我反而觉得导演点出了主题,也顺便向希治阁和卡路·里德(Carol Reed,《第三个人》的导演)致敬,锦上添花,有何不可? 另一个大改动则是片子终段,在原剧本中卡夫卡所追踪的死去友人的情妇并没有死,而是被科学家整治得精神失常,她追杀卡夫卡,在桥上一刀刺上卡夫卡胸口,然后跳水自尽,因此卡夫卡在幸免于难后不觉吐血。不错,卡夫卡死于肺病,可能真吐过血,但用这种心肺相连的类比手法,再加上内中暗含的爱欲隐喻,我认为有点过分,还不如导演改编后的结局——这个名叫嘉佩拉(Gabriela)的女人死于城堡,也没有任何刺杀情节——显得顺畅多了。

如要再继续比较下去的话，倒是原剧本中卡夫卡的两个助手（这两个小角色出自《城堡》，也和汉尼克导演的德国版如出一辙）最后无路可走，然后一个对另一个说：不如逃到美国吧。这一节又点出卡夫卡生前最后一部小说——《美国》(*America*)，这本小说也曾被拍成德国影片，而且成绩不错，我没有看过，特立此存照。在此顺便向我的年轻朋友潘国灵（也是一个卡夫卡迷）致谢，他买到这部《卡夫卡》影片的DVD珍藏版，先借给我看，不胜感荷。

经典与平庸：
两部《一树梨花压海棠》的对读

　　纳布可夫(Veadimir Nobokov)的小说《罗莉塔》(*Lolita*)是一本轰动一时的文学作品，曾先后两次被搬上银幕：第一次是一九六二年由史丹利·寇比力克导演的美国片，中译名是《一树梨花压海棠》；第二次是一九九七年，由英国导演艾德灵·连(Adrian Lyne)执导，影碟版也沿用同一个中文译名，编剧者是史提芬·舒夫(Stephen Schiff)，在他之前，曾有三位名家——包括后来的诺贝尔文学奖得主哈洛·品特(Harold Pinter)为之撰写改编剧本。这两部影片初发行时都引起争论，受过英美电影检查处和教会组织的刁难，和原著初出版时情况相同。一九九七年版的《一树梨花压海棠》也找不到发行商影院公演，最后只能先在有线电视首演，原因无他，就是该书和该片犯了一个大禁忌——乱伦(继父爱上继女)和未成年人士性交(在小说中罗莉塔年仅十二岁)。

　　然而，任何一个懂文学的人都看得出来，这个故事主题是一种特别的"着魔"(obsession),时过境迁后,现在重看,我反而对于如何来表现这个魔力的问题感到极大兴趣。中外文学经典中都有不少以此为主题的作品,西方尤多,只不过在《罗莉塔》书中对象是一个未成年少女,而自愿入魔的"主体"是一个四十多岁的男人肯伯特,他变成她的继父也事出偶然(所以小说故意安排罗莉塔母亲和肯伯特婚后不久就死于车祸)。就我看来,故事的轮廓和汤玛斯·曼的《死在威尼斯》相似,只不过男主角(也是一个受过良好教育的欧洲知识分子)爱的是少女而不是少男,而且在达到目的后,终于落魄而死。

纳布可夫的讽刺式文体

且让我先谈谈小说,再谈改编的电影。

纳布可夫可谓是西方现代小说中的奇才,出身俄国贵族的他,曾在美国名校康奈尔大学(Cornell University)教授文学多年,至少写了三本有关文学的论文集,又译过俄国文豪普希金的长诗《尤金·奥涅金》(*Eugene Onegin*,共两大册,第二册全是注释)。有如此深厚的文学知识,他当然不会写出一本肤浅的色情小说,也不会故意说教而把这个乱伦故事写成一本"警世通言",用以惩罚不轨之徒。他故意加上不少喜剧性的因素,把"着魔"的沉重主题和轻浮的"猥亵"(lewdness)混在一起,遂令卫道人士视为黄色小说,这些自以为是的道德批评家,岂可与纳布可夫相提并论?

纳氏在这部小说中施尽浑身解数,用的是文体讽刺的手法,把西方文学有史以来的各种文体——忏悔录、日记、插科打诨(farce)、流浪(picaresque)、不正常的心理狂想(fantasy)、哥德式的恐怖(Gothic horror)——都放在同一个写实主义的叙事模式中,又不忘创造一个男主人翁的魔鬼式的对手人物〔在寇比力克影片中由彼得·斯拉(Peter Sellars)饰演,化身为数个角色〕,最后肯伯特妒火大炽,把他在一间古堡式的旅馆中枪杀了(片中由此场开头),因而犯罪被捕,死于狱中。而罗莉塔呢?前后受了两个中年男人的引诱,却怀了第三者的胎,最后变成一个庸俗的家庭主妇,她的一生可以一个英文字来表达:banal(平庸),纳布可夫又加上一个名词:vulgarity(粗俗),这个字也可以用来形容当年(二十世纪五十年代)美国中西部的社会和生活方式,从一个来自欧洲的流亡知识分子眼中看来,更是俗不可耐。

然而,这种美国典型中下阶层的庸俗性,反而成了这位贵族作家的最大挑战,他写来也最感刺激(exhilarating),所以他对于有人批评他"反美"反而耿耿于怀,他写这本小说,自认为是作为一个新入籍美国的作家的权利和责任(见书中他的后记:《论一本叫作"罗莉塔"的书》)。作为一个新移民,他的美国经验何来?又如何对这个庸俗社会有如此敏锐的观察?原来他在假期时到处采集蝴蝶标本,经过不少小城,小说就是在不同旅馆中断断续续写出来的。可是竟然把典型美国人的说话方式和各种庸俗日常用语描写得惟妙惟肖,当然也免不了揶揄一番,更不忘把大量庸俗的语言放在小说中,十分生动。我们差一点忘了,原来纳布可夫的母语是俄文，英语是学来的。

此次重读，我发现全书最大的特色就是叙事的语言和技巧，虽然背景是美国，但叙事者兼主人翁的思想角度还是欧洲式的，十分烦琐复杂，倒是很适合一个文学教授的身份。纳布可夫的英语——他的第二或第三外国语——真正了不起，用词用字的丰富令人咋舌，句子更是转折迂回，变化无穷，文中所用的文学典故更不必提：从但丁到爱伦·坡（两位作家的当年情人都是十多岁）。难怪学院论者要套用巴赫汀的"多声体"（heteroglossia）理论来分析这部小说。

忠实改编 VS 对等改编

如此难缠的文学作品，如何改编成电影？更妙的是，纳布可夫自己也喜欢看电影，而且特别为这部小说写了一个四百多页长的电影剧本出版，我没有看过。据各方面资料看来，寇比力克的影片只用了纳氏剧本的极少部分，拍出来的还是属于这位名导演自己的风格。反而一九九七年拍的英国影片至少在故事情节上更忠实于原著，并点明肯伯特的这个"恋少女"癖是出自其十四岁时恋慕一个同年少女的一段恋情，女孩不久死于伤寒病，所以肯伯特才产生心理的变态。编剧和导演将之如实交代，以软焦距拍出几分钟回忆式的场景，合情合理。我猜不少观众一定更喜欢这部电影，至少它故事比较完整，而且把小说中人物的造型、心理和周围环境中的各种庸俗细节都拍出来了，加上饰演肯伯特的英国明星谢洛美·艾朗斯（Jeremy Irons）恰如其分的演出，相得益彰。当然，时代毕竟不同了，罗莉塔在片中数次湿吻继父，房戏镜头也相当大胆，比起寇比力克在六十年代初百般禁忌（电影检查尺度）的压力下拍出来的老片子"好看"多了。在一本普通的电影指南书中，寇氏旧片只得三颗星，而艾德灵·连导演的新片却得三颗半星，内中的评语是：非但可以和旧片匹敌，而且更超过了它。可是我却不敢苟同。

为什么我依然独尊寇比力克的版本，而且认为它在种种外在限制之下表现得更胜一筹？因为我认为寇氏所采用的改编方式不是"忠实"（fidelity）而是"对等"（parallelism），在形式上更大胆。他一向惯用的长镜头，在此片中又再次呈现，总体的效果是"戏剧"性的，换言之，就是把小说中的数个关键场景变成片中的主轴，以长镜头和场面调度来"对比"原著中无法改编成电影影像的大量文字。在寇氏的处理下，小说中的叙事也简化了，甚至违反了荷里活传统的叙事模式——有头有尾直线叙述，高潮堆砌到最后，角色的心理动机也早交代清楚；因此连肯伯特少年恋情的一段回忆也免掉了。然而，在这种处理之下，荒谬的喜剧效果更突出，完全保持了纳布可夫的"反温情主义"的文风。我们作为观众，既不同情罗莉塔也不同情肯伯特，反而更有机会去观察寇氏镜头中呈现出来的美国社会。妙的是此片大部分都在英国影棚拍摄（寇氏自己也常年居住英国），只有少数实地背景（所谓 location shots）是在美国拍的。总而言之，去除煽情之后，只剩下了"表演"，甚至可以说：继父和他的未成年女儿在旅途中演了数场戏,既虚伪又真实,成了肯伯特这个外国人的美国经验。我们可以用一个学术名词来形容,就是"疏离效果"。

故意夸张营造反讽

如果说纳布可夫的叙述文体故意极尽夸张(他描写罗莉塔的眼睛竟然用了六七个形容词),寇比力克的导演手法也不遑多让,这里可以用两场至关紧要的场面作例子:一是肯伯特在旅馆房间勾引罗莉塔——其实是被这个十二岁有性魅力而早熟的少女(文中再三用的名词是 nymphet)——所引诱的"床戏"(原著第一部第二十九章);另一场是全书最后(即片中最先)的谋杀场面。

故事情节说到,肯伯特带罗莉塔到旅馆 check in 时发现旅馆只剩一个房间和一张床,所以故意再要一张小床送上来,但在小说中连小床也用光了,所以父女必须睡在一张大床上,但在影片中寇比力克却大费周章在女儿睡后,叫旅店的黑人老侍者搬了一张折床上来,两个男人笨手笨脚搞了大半天才把床拉平。这场戏颇为滑稽,但似乎多余,为何导演硬要加插进去?我猜寇比力克不无讽刺美国电影检查制度的伪道学,故意让这个急如热锅上的蚂蚁的老色狼在小床上睡到天亮,直到第二天清晨女儿醒来,继父才拥她入怀安慰(因她刚刚得悉母亲死于车祸的消息),但镜头到此为止,就"淡出"了。如今看来,实在保守得很,似乎导演故意处处小心谨慎,生怕越过电检雷池半步,当然也借此制造喜剧效果。

但在一九九七年的版本中,导演则步步紧跟原著,只差没有拍出罗莉塔为继父手淫的镜头。然而两相对照之下,我反而觉得寇氏的夸张处理手法更为适宜,他故意把闹剧(slapstick)的气氛带进来,作为对等手法,又在片子前半部插进一场全家三口挤在汽车电影院中看恐怖片,产生另一种"文本互涉",我认为这种手法还是和原著有关联的。既然纳布可夫的文笔本身讽刺了各种通俗文体,寇比力克也用对等手法,作影片类型(film genre)的引用,造成形式上的多层反讽。而这种反讽手法,主要还是靠表演。

寇氏的"粉丝"们都知道,他导演时不断地排练,也不停地一次再一次地重拍,但他不喜欢在片中故意卖弄快速剪接技巧,也不过分运用特写或蒙太奇镜头,所以现在看来,节奏有时显得太慢(此片全长一百五十二分钟,但所用的镜头总数比一九九七年版少了许多),甚至有时故意拖长,如《2001:太空漫游》一样,初看时实在慢得发闷,但不久就逐渐投入了,这就是这位大导演的"商标"。然而在场面调度上他绝对是独一无二的,唯在这部他的中期作品中尚不能算大展宏图(下一部《密码114》就精彩多了)。况且在选角方面,此片也不尽理想,占士·美臣(James Mason)演肯伯特,未免太老了,他演调情戏也太勉强,全被对手彼得斯拉占尽风头,只要有他出场,整个戏的张力就被带起来了。毋庸置疑的是,演罗莉塔的苏·里昂(Sue Lyon)也比不上新版的那位新星杜明尼·施云(Dominique Swain)演得更入木三分,既是小女孩又是小妖妇。

然而这一切对我都不重要。只要比较一下谋杀的那一场戏就够了。

谋杀场景高下立见

这场戏,寇比力克故意放在全片开端,立刻把观众引进另一个"哥德式"(Gothic)的恐怖谋杀片中(所以才有后来的看恐怖片片段,前后映照),使观众陷入五里雾中,然后再由主角倒叙,向观众交代剧情,不但充满戏剧性,而且又和原著中主角向陪审员自供的方法暗合。反观新版则把这场戏变成血淋淋的高潮,显得有点煽情。寇比力克的独特手法就是引领观众进入一个戏剧性的场面,像是一出舞台剧,但这场戏本来就极尽荒谬,所以寇氏在道具和布景上下功夫,营造出一种"巴洛克式"(Baroque)的场面——这幢废弃已久的古堡,恰好符合彼得斯拉演的怪人怪品位。两人在大厅追逐,各显神通,又让人觉得是在疯人院,本来肯伯特的变态心理就是一种疯狂,最后他连发数枪都未能直接射中对手的身上,而是穿过门上悬挂的一幅中古仕女图,才把对手杀死。这个仕女图在片头和片尾出现两次,显然变成了一个象征意味十足的连结点,不只连上了两个大男人(都和罗莉塔有染),而且也影射了这个庸俗文化中的尤物少女——罗莉塔。如果我们再把片首字幕既庸俗又挑逗的大特写涂脚指甲序幕连在一起来看,点题的作用自明。我认为这才是最大胆的一场戏。

这场戏艾德灵·连也处理得不弱,而且完全承照原著,只是没有念出那首肯伯特作的"判决诗",可惜的是主演这个对手角色的法兰·朗基拿(Frank Langella)太弱,完全没有彼得斯拉的狂劲。这场戏,艾德灵·连用了各种近距离摇镜头拍摄,务求逼真,并让死者血流满身,看似真实而且气氛紧迫,但就是缺少了寇比力克的"巴洛克"戏味。这两个决斗的大笨蛋,一个是文学教授,一个自称是剧作家,分别代表了作者自己形象的两面,而且自嘲味极浓,两人折腾了一阵,犹如西部片中最后的双雄决斗(小说中特别标明这个隐喻),但肯伯特的枪法不准,笨拙之至,因此二人打斗也成了滑稽剧。这又是一种疏离效果,寇比力克深明此道,所以在场面调度上,既夸张炫耀,又处处反讽其他类型片,到了最后一枪穿门而过,但见不到一点血,更像是舞台上假装出来的表演。至少它不至于使观众觉得这是一场大悲剧,所以男主角也得不到救赎(原著小说中特别注明:"Because you cheated me of my redemption")。然而,在新版影片中,肯伯特被捕时似乎变成了一个值得同情的人物,这是否导演在迎合观众心理?

在俄国伟大的小说家中,纳布可夫就是不喜欢杜斯妥也夫斯基。所以《罗莉塔》也绝非《罪与罚》。

两部《一树梨花压海棠》,形成一个显明的对比:一是黑白片,一是彩色片;一个偏离原著甚多,一个却甚为忠实原著(甚至照抄对白字句和内心独白的片段),然而最终的结果是:寇比力克的版本是一部大师级的作品,虽不完美,但在影史上占有一席地位,我至今还对片中几个经典场面念念不忘,一看再看,愈看愈有味。而新版影片看完后,我早已忘得一干二净,为了写此文,不得不再看一遍,却觉得有点煽情,似乎禁不起考验。当然,这是我主观之见,也可能只代表少数影迷的观点。

《迷失决胜分》：
活地·阿伦式的《罪与罚》

看完活地·阿伦（Woddy Allen）的影片《迷失决胜分》（*Match Point*，2005），我回家立刻到书房中寻找那本破旧不堪的杜斯妥也夫斯基名著《罪与罚》的英译本，遍寻未获，只好等到第二天匆匆去书店买了另一个新译本，更迫不及待地找到该书第一部最后一章（第八章）仔细阅读：故事的主角拉斯科尼可夫（Raskolinikov）闯进那个开当铺的老女人公寓，用斧头把她杀了，又从她颈上抢了钱包，不巧她妹妹突然回来，于是又把她劈死了，前者是预谋，后者是偶然，不得不灭口。

这一段"经典"故事也是《迷失决胜分》的关键，影片中的这段情节直接引自小说中的这一章。活地·阿伦真是了不起，非但不掩饰他的"抄袭"行为，而且在片子开始不久就暴露用心，让男主角睡在床上看《罪与罚》！一个出身贫穷的网球教练竟然喜欢听歌剧和看杜斯妥也夫斯基的小说，真有点匪夷所思，也是这部出色影片唯一不合情理的细节，因此我特别喜欢。当然

不必然的对等：文学改编电影

故事已经完全改头换面，发生在当下的英国上流社会，而十九世纪的《罪与罚》，也变成了二十一世纪的情与欲、阶级和身份、一男和二女之间的纠纷。

　　活地对俄国小说的向往早在他的一部旧片《爱与死》(Love and Death, 1975)中已经展露无遗，但表现的是他一贯的反讽和自嘲的手法，活地在片中演一名俄国知识分子，滔滔不绝地高谈阔论，但行动起来却笨手笨脚，这是他早期影片的特色。现实生活中，他和戴安·基顿(Diana Keaton)相恋以后，珠联璧合，在片中的自我形象也开始潇洒起来，虽然穿着依然不修边幅，但显然赢得了她的芳心，在《安妮荷尔》(Annie Hall, 1977)一片中，二人更大谈文学和电影，俨然以纽约知识分子自居。后来和戴安·基顿分手，爱上美亚·花露(Mia Farrow)，于是又把这个新欢变成自己影片的女主角，故事的范围广了，美亚演得也的确出色，但知识的气息却相对减少了。近年来他的作风又有所改变，又娶了一个比他年轻三十岁的韩国娇妻宋仪(原为他与美亚的养女)，但岁月不饶人，已经无法自任主角。这部《迷失决胜分》就是他从幕前功成身退，专职做编导的作品，而且故事也从纽约搬到伦敦。

　　喜欢活地·阿伦的美国观众也往往是典型的东部知识分子，看他在影片中大谈哲学、文学或其他电影经典，边笑边点头，觉得这是一种很有趣的知识游戏。香港观众呢？我不得而知，至少也有少数"活地迷"吧！否则此片不会在香港电影节演出后立刻在商业影院上演，我看的那一场，电影院内也有数十位观众。但既迷活地又迷俄国小说的人恐怕绝无仅有，我偏偏算是其中之一，倒不是故意附庸风雅，而是因为我本来就喜欢各种经典，而看到在影片中引经据典的场面和机会也愈来愈少了。

现在荷里活大片的趋势只是在复制和重拍，拍来拍去，耗资愈来愈多，我看了却愈来愈倒胃口，看完《职业特工队Ⅲ》(*Mission Impossible* Ⅲ，2006）后再看《迷失决胜分》（我实在不喜欢这个不伦不类的译名），真有点喜出望外。更令我佩服的是，活地在片中照样向不少经典名片致敬，包括佐治·史提芬斯（George Stevens）导演的《郎心如铁》(*A Place in the Sun*，1951），两片故事如出一辙，剧情也是叙述一个登徒子〔由蒙哥马利·奇里夫（Montgomery Cliff）主演〕如何为了娶富家女（伊利莎伯·泰莱饰）而把穷家女情妇〔莎莉·温德丝（Shelley Winters）饰〕淹死，故事是改编自德莱塞（Theodore Dreiser）的名著。又有网上影评家认为活地在此片中学法国新潮导演查布洛（Claude Chabrol），我却认为学的是另一位名匠路易·马卢（Louis Malle），刚刚重看他生前的作品《爱情重伤》(*Damage*，1992），觉得震撼万分，电影也是一个情欲和死亡的故事，也发生在伦敦的上流社会，此二片无论在气势、美工和场面调度上都有不少相似之处。

然而活地在《迷失决胜分》中最吸引我的地方还是《罪与罚》的隐喻。犯了罪杀了人，是否应该受到惩罚？杜斯妥也夫斯基和活地·阿伦自有不同的说法，且容我略作比较一番。

活地在另一部作品《欢情太暂》(*Crimes and Misdemeanors*,

1989)中已经开始探讨罪与罚的问题,故事的一条主线也是一个医生谋杀情妇,但事后没有受到法律制裁。《迷失决胜分》如法炮制,但片中毫无插科打诨的场面,剧情环环相扣,十分严肃。

《迷》片中的男主角本是网球教练,却在网球场上认识了一名英国富家子弟,从此攀上荣华富贵,与富家子之妹结婚,却又与富家子的未婚妻发生关系,甚至发展婚外情。这个出身低贱的美国情妇和他打得火热后怀了孕,步步进逼,扬言暴露真相,逼他离婚,于是他想出一个谋杀情妇的办法,灵感即得自杜氏的小说。他带了猎枪,借故走进情妇所住的那幢公寓的老女房东屋里,先把她杀了(这一段完全抄自《罪与罚》,只是所用的凶器不同而已),然后再把刚进门的情妇也一枪打死,造成一个谋财害命的假象,活地的手法聪明之处就在于把原作中的"偶然"变成预谋的一部分,如此才可以让男主角嫁祸而脱身。

在杜氏小说中的那个当铺婆的弱智妹妹完全是无谓的牺牲品,然而在活地影片中,她反宾为主,"偶然"成了必然,但仍然保持了小说中另一个偶然的因素:杜氏在小说紧要关头,当调查步步进逼接近真相时,却安排了另一个狂人假认罪,真正的凶手反而得到解脱。可是在活地的影片中,这个杜氏小说的偶然因素却成了《迷失决胜分》的主题:一个人命运中的幸与不幸,是否就在于这个"Match Point"? 就像打网球一样。在影片中,杀人的男主角从出租婆手中拿下来的金戒指(杜氏小说里是颈上的钱包),成了最关键的物证,他最后的一掷,没有把戒指丢到河里,却落在河畔被另一个吸毒者捡去了,而此人刚好又因谋财害命而被杀,这一个偶合扭转了主角一生的命运,令他可以逍遥于法网之外。

活地在片子开头以旁白方式大谈所谓"幸运"的哲学问题,我在杜氏小说却遍寻不获,即使有,也不会把这种耦合式的幸与不幸作为人生意义的真谛。如果你看过《罪与罚》,就知道这第一部结尾的谋杀高潮只不过是全书情节的开始,后面还有五百多页描述拉斯科尼可夫的种种遭遇和良心上的谴责。心灵上的犯罪,才是杜氏小说的内在含义,人世间的律法只不过是"理性"制度的表征,终极的赎罪不在于坐监,而在于个人良心和上帝的沟通,但这个过程更艰苦,因为杜氏信仰的俄国正教教义更注重修炼,俗世只不过是一个"磨炼场",而人生的意义就在于求得救赎。

杜氏小说伟大之处,不在于说教,而在于他对于俗世人——特别是知识分子——的心理分析和理性批判,而且刻画得入木三分,精细入微,各个角色几乎可以独立存在,甚至不听原作者的宗教意旨。在这一方面表现得最淋漓尽致的,也是他最伟大的一部小说——《卡拉玛助夫的兄弟们》;《罪与罚》只不过是一个"前奏曲"而已。在小说的后半部,拉斯科尼可夫在受尽良心折磨之后终于向警方自首,被贬配到西伯利亚受八年苦刑,这算是一个最轻的惩罚,他最后也从一个自愿随他到西伯利亚的妓女的爱中得救。记得我初看此书到了这个尾声时,早已感动得流下泪来。

然而,此一时也彼一时也!这种救赎方法和哲学思考模式,除了学者和宗教家之外,还有谁敢去领教?美国电影界恐怕也只剩下活地·阿伦了。《迷失决胜分》的结尾颇为隐晦,表面上男主角得了"胜分",但此后他是否可以无忧无虑地活下去?我看绝不尽然,因为片中最后的一个镜头,已经呈现出一种无奈,其实指涉的就是一种道德困境——男主人翁今后的一生将被困在一个表面上看似幸福的婚姻里而万劫不复,永远得不到救赎。在这个资本主义的世俗世界,结局也只好如此。

此情不渝,至死方休:
李安的《断背山》

《断背山》(*Brokeback Mountain*, 2005)这部影片所造成的轰动,不得不说是一个奇迹,电影中两个美国牛仔大男人,竟然可以互相爱得死去活来,甚至令一般观众感动得落泪。

不久之前,某书店曾经请我介绍几本有关爱情的经典名著,我想来想去,只想到两三本:沈复(三白)的《浮生六记》、约翰贝里(John Bayley)的《挽歌:写给我的妻子艾瑞丝》(*Elegy for Iris*),还有这一部短篇小说——安妮·普露(Annie Proulx)的《断背山》。前两本说的都是夫妻之情,而《断背山》描写的却是两个男人的同性恋故事。

李安虽是个男人,并非"同志",而且还是在台湾长大的华人。安妮·普露却是一位比我年纪还大的女作家,五十岁以后才开始小说创作。严格来说,二人对于同性恋的感情世界都不够资格登堂入室,然而却描述得如此动人。我的妻子还没有看完影片,早已泣不成声;而我在初看英文原著时,眼眶都有点湿润了。

电影文学各有千秋

此书的中译本我尚未看过,但英文原著实在了不起,我好久没有读到这么有韵味和韵律的散文了。我认为短篇小说至少有两种写法:一种就是注重人物个性和情节,在美国小说传统中以欧·亨利(O. Henry)最为著称;另一种则以散文式的文体来勾画人物的语言风味和背景气氛。《断背山》应该属于后者,却偏偏赢得"欧·亨利奖"。我在阅读过程中处处体会到内中的散文韵味和韵律,如用英文来说,前者是 tone(腔调)和 flavor(韵味)、后者是 cadence(韵律)和 rhythm(节奏),这位女作家把英文文体炼到这个地步和境界,殊不简单,甚至比起海明威和费滋杰罗也毫不逊色。且看下面这一小段:

"Dawn came glassy orange, stained from below by a gelationus band of pale green. The sooty bulk of the mountain paled slowly until it was the same color as the smoke from Ennis's breakfast fire."

这几句英文非但意象独特,而且念起来甚有韵律感,如果再作仔细分析的话,第一句全靠两个传神的形容词:"glassy"和"gelatinous",前者透明,后者胶着。这一"拉",就把"黎明"的味道拉出来了。在第二句又故意把前句的形容词"pale"变成动词"paled",非但把前句中两种"参差对照"的色彩"glassy orange"和"pale green"拉到山上,而且造成一种很自然的节奏,有长有短,有轻有重,念起来十分过瘾。普露就是用这种语言烘托出两个男人在山中滋长的爱情。

至于书中有关这两个牛仔说的话恐怕连在美国居住多年的李安也听不懂,遑论你我,但写出来更难。记得早年我读马克·吐温(Mark Twain)的《汤姆历险记》(*The Adventures of Tom Sawyer*),内中黑人说的话就令我大费周章。这篇小说中的对话读来更难,譬如下面的例子:

"Tell you what, you got a get up a dozen times in the night out there over them cayotes. Happy to switch but give you warnin I can't cook worth a shit. Pretty good with a can opener."

"Can't be no worse than me, then. Sure, I wouldn't mind a do it."

我从这些不合文法、土语充斥的对话中,感受到这两个男人间的温情。对话中的句子往往简短,但叙述的语言却有不少不断拉长的句子,有一句竟然长达十五行,描述两个人吃晚餐时喝酒、抽烟、不时小便和谈心的乐趣。在这一段的句尾,恩尼斯(Ennis)骑马回去看羊,感到生平从来没有如此快乐过——"felt he could paw the white out of the moon."——这一个"paw"字直把月色风景都摸活了。

白描影像之动人

然而,这些语言文字上的细节,如何拍成电影中的影像?如

不必然的对等:文学改编电影

果换了张艺谋,一定会把这段山中的晨光和月色拍得比原著更美,甚至美得化不开,却忘了人物的个性;然而李安在美中却不忘"淡"描,毕竟他在原文中看到两个"淡"(pale)字,一静一动:"pale green"、"pales slowly"。他也把恩尼斯的木讷而压抑的个性展现得恰到好处。相形之下,杰克(Jack)这个人物较为外向,反而容易演。

在故事开端淡淡的温情中,逐渐展开了两个男人的激情,原文的语言也开始激动起来,连断背山也沸腾了——"The mountain boiled with demonic energy..."继而风吹草动——"The wind combed the grass and drew from the damaged krummbolz and slit rock a bestial drone."——仅是这一句就令我辗转诵读再三,体会内中的大自然原动力。李安在加拿大拍摄外景的时候,也不知花了多少时间和精力。我看到片中蓝天白云的一景,于是又想到原文句子中的:"glazed with flickering broken-cloud light",竟然让他的镜头(为了拍这一景,也不知等了多少个钟头)抓到了!

走笔至此,才发现自己写的是文评,不是影评,这篇影评实在难写。然而我也本能地感觉到李安是一个文学气甚浓的导演,他的节奏(tempo)比其他导演缓慢得多,可却能在细节的描述中磨出一股韵味来。电影《断背山》中没有什么高潮,连杰克死亡的消息也一笔带过,但李安却能把片尾恩尼斯哀悼之情表现得既含蓄又动人。恩尼斯和杰克父母讨论骨灰安葬的段落——还有那两件衬衫——应是全片最感人的地方,我从片中的构图中发现,竟然与那位美国画家活德(Grant Wood)的那幅名画《美国哥德式》(American Gothic)有几分相似之处。后来友人张洪年教授告诉我,杰克房间中墙上还挂了一个十字架,凸显了原著中不甚明显的宗教色彩。

　　李安来自一个宗教传统不强的文化背景,反而能捕捉到美国本土文化中的宗教感。《断背山》中,他不时借影像附带点明同性恋者注定成为社会牺牲品的事实:片子开始不久,杰克就抱了一只羔羊过河;中段却有一只羔羊被山狗咬死,那个腹部血淋淋的残骨镜头显然是一个基督教中牺牲品的象征。最后杰克还是牺牲了,亚伯拉罕并没有赦免他的长子以撒克,恩尼斯在最后一个镜头中对着衣服说:"Jack, I swear——"(我发誓),杰克从来没有要他发誓,他也不是发誓的那种人,然而观众都知道他要说的是什么话(他的长女正要进教堂结婚了,这是李安加上去的情节),这是一个婚礼上的证词:此情不渝,至死方休。

二流小说拍出神采：
重访《苏丝黄的世界》

不久之前，我曾到澳门讲学，以"电影与文学"为题，谈如何把小说搬上银幕。一时心血来潮，用了一部较通俗的小说和影片《苏丝黄的世界》(The World of Suzie Wong, 1960) 为范例之一，不料大受欢迎。甚至有一位女听众事后对我说："香港有一个苏丝黄，怎么澳门什么也没有？"我听后不禁大惊失色，苏丝黄代表的是湾仔的酒吧世界，这能算是香港吗？也许当年韩战和越战时期的美国大兵心目中的香港确是如此，香港只不过是一个"R&R"(rest and relaxation，休假与娱乐）的场所而已，扮演的是白人眼中的东方妓女角色，这不是对香港形象的绝大侮辱吗？

然而李察・梅臣(Richard Mason)所著的这部小说的确轰动一时，一九五七年出版后，曾被改编为舞台剧，在纽约和伦敦上演。后来有一个英国人约翰・贺斯坚(John Hoskin)幼时在伦敦看过后，对苏丝黄念念不忘，二十年后竟然亲自找上门来了,到了香港湾仔,在各酒吧流连,到处寻找苏丝黄的影子,竟然和一个中年吧女交上朋友,向她租了一间屋住,事后还写了一篇情文并茂的文章《如果你知道苏丝》(*If You Knew Suzie*),收入 *Travelers' Tales: Hong Kong* 一书。他的经验,其实是故意仿效当年李察·梅臣的经验,只不过本末倒置罢了。

来自六国饭店的灵感

梅臣在此之前只写过一本畅销小说,根据他在伦敦亚非学院(School of Oriental and African Studies, University of London)读书的背景,年少时的他想入非非,把日本女教师化为他小说中的情人,最终当然悲剧收场,毕竟前车之鉴——《蝴蝶夫人》——殉情在先,他岂敢越规? 后来这本小说——*The Wind Cannot Read* 竟然被导演赖夫·汤马士(Relph Thomas)看上了,将之搬上银幕,由狄·保加(Dirk Bogarde)主演,梅臣也变成了电影编剧,为兰克公司(Rank Organisation)写了几个剧本。一九五六年,他更来到香港,目的是为其下一部小说找寻灵感,可能也为下一部电影做打算。

根据他在《苏丝黄的世界》一书前面的自述《我刚在坊间买到重印本》中说,他从九龙乘渡轮到湾仔码头,朋友介绍他入住当年还是临海的六国饭店:"其时还是一个妓女拉客的好去处";这成了小说中的"南国酒店"(现在当然没有妓女拉客情况了)。"第一晚我到楼下吃碗炒饭,看到这些女郎,才发现这几乎是一家妓院,我大为兴奋。"梅臣七十五岁时回忆如是说:"我想,这太妙了,我找到了! 就在那一刻我知道我可以写这本书,简直难以置信,像是上帝的恩赐。"如此看来迹近神话,甚至有点夸张,毕竟人在多年后的回忆往往如此,往往把自己变成小说中的英雄。

梅臣在小说中的"自我"是一个英国业余画家,名叫罗拔·罗默斯(Robert Lomax),在影片中由威廉·荷顿(William Holden)饰演,形象更潇洒,英国人也变成了美国人。大抵因为香港当年还是英国殖民地,影片中的美国画家可以保持一点距离,不完全是殖民主子和被殖民者的关系? 又或是创作人为了要迁就当时的美国观众和美国大兵? 罗默斯在书中是第一人称,说的是一口标准英语,但是书中的叙述语言平淡无奇,只不过把香港的各种细节交代得十分清楚而已。

论者认为梅臣描写得最传神的还是酒吧女郎(特别是苏丝黄)的口语。白人作家写华人,往往善用"洋泾浜英语"(Pidgin English),中国知识分子往往引以为耻,只有林语堂写过一篇妙文,为洋泾浜英语辩护,认为简洁明朗。他当然没有提到本书开头苏丝黄的名句:当罗默斯在渡轮上向她搭讪时,她冲口而出:"No talk"——"不说",也许就是广东话的"唔好讲嘢"或"唔想同你讲嘢!"这句"名言",后来成了"苏丝黄影迷俱乐部"的代名称——"唔好讲嘢俱乐部"。其实在小说中梅臣描写的是苏丝黄在嗑瓜子,罗默斯搭讪的第一句是:"嗑瓜子! 我从来就学不会。"现在看来,这句话也未免太轻浮了一点,西方人看中国,都免不了轻浮,不够深入,这也是这部小说的最大缺点。也许苏丝黄只是一个酒吧女郎,所以梅臣不必费神写什么中西文化心理的冲突。

只谈风月不谈国事

虽说是实地取材,我读来却觉得苏丝黄这个"弱女子"还是脱不了文学上的典型——心地善良又一往情深的妓女,在西方文学上真是比比皆是,远的不说,《茶花女》就是一例。前面提到,梅臣当年学过日文,当然不会不知道《蝴蝶夫人》。这还不够,因为在该书第三章作者就借另一个稍有知识的妓女 Gwennie(影片中她还戴上眼镜,俨然像是一个中学教师)之口说:"我从来没有见过什么艺术家,不过有一次在乐声戏院看过一部电影,美得很,他也是酒吧间的画家,但是个侏儒。"罗默斯接着道:"我猜他就是吐鲁斯·劳特累克(Toulouse Lautrec),法国画家。"那部电影不用说就是荷西·法拉(José Ferrer)主演、尊·侯斯顿导演的《红磨坊》(*Moulin Rouge*, 1952,近年又重拍为歌舞片版)。其实尚不止于此,梅臣的"文学细胞"还令他提到另一部来头更大的影片——《歌厅》(*Cabaret*),原著是伊舍活(Christopher Isherwood)的两部中篇小说:《柏林故事》(*The Berlin Stories*)和《我是一个摄影机》(*I Am a Camera*),而这位名家的同性恋情人就是鼎鼎大名的现代诗人奥登(W. H. Auden),梅臣自称当年在学校念书时曾拜他为师,这一段文学因缘倒使我

不必然的对等:文学改编电影

对梅臣肃然起敬,即使他自己往脸上贴金,我也会原谅他。

问题是:《红磨坊》和《歌厅》都有"时代背景",后者是二十世纪三十年代初的柏林,其颓废艺术,在纳粹党兴起前夕大放光彩,所以柏林才使得伊舍活着迷,他在小说中更是夫子自道(影片中的男主角同性恋取向当然被掩盖了)。相较之下,《苏丝黄的世界》背后的"大时代"又是什么?冷战时期(从韩战到越战)的香港,本来可以大书特书,可惜此书尽付阙如。梅臣和中国籍亚欧混血女作家韩素音一样,只顾写爱情如何灿烂,却忘了写战争,她那部《生死恋》(*Love is A Many Splendoured Thing*, 1955)同样由威廉·荷顿主演,当中最感人之处——也是韩素音的真实经验——就是那位新闻记者已在韩战中被炸死,但因为战地邮政慢,他写的情书却一封封地在死后仍寄到香港,谁看了不会肝肠寸断?

然而在《苏丝黄的世界》中,只有苏丝黄的一个私生子死在贫民窟的风灾之中——地点是否在调景岭?——小说我还没有看完,就急急看电影,这一场戏,看来真实,可能还是在影棚中拍的,我并不觉得感动。既然小说和影片中的男主角是一个画家,他是否较新闻记者更敏感?或感受更深刻?在小说第三部第一章中,梅臣写苏丝黄在孩子死后如何用纸钱送葬的细节,着墨多在本土风俗习惯,焦点全在苏丝黄,几乎不提叙事者本人的感觉,香港本地的读者看了也不会觉得新奇,毕竟这种"异国情调"全是为"鬼佬"写的。然而为什么我这个"半个香港人"看完电影后依然感慨万千,而且觉得比小说更精彩?

第三部分　改编个性之演绎

令人感动的地标

我想原因有二:一是关·南施(Nancy Kwan,原名关家蒨)的造型和演技实在出色,这位会跳芭蕾舞的演员真把苏丝黄演活了,她穿的是什么旗袍我竟然没有留意。对我而言,更重要的原因是全片开头十分钟的实景:五十年代末的维港轮渡(现在连天星码头也拆迁了),男主角下船后在中环向警察问路(原来当年的皇后像广场是那么"古典"),当然还有湾仔的街市。

影评人罗卡说:此片的湾仔外景也取自荷里活道和石板街,但那一场街头卖菜小贩的活生生形象(还有一个玩蛇的男人),应该是在湾仔!澳门的一位老香港听众告诉我:这就是当年的"鹅颈桥",在湾仔东的坚拿道。看了这一场"过场戏"——罗默斯经过这条街去找旅馆,在原著中全无此景——令我大发怀古之幽思,这条街仍在,叫宝灵顿道,上周日我特别去重游一遍,但已面目全非,背后是条高架公路,大煞风景。

另一场令我难忘的场面是罗默斯订了房间,被带上顶房阳台。他真像个巴黎的阁楼画家,但看到的不是蒙马特或艾菲尔铁塔,而是对街的唐楼,在他俯视之下,唐楼上难民住的简陋茅屋一览无遗,而且还有小孩子在阳台上嬉戏。太美了!包括导演李察·昆(Richard Quine)的场面调度也令我着迷,不禁想到小思女士所描述的童年世界——她也住在菲林明道的一座唐楼上,几幢楼连在一起,小孩子可以穿堂跑来跑去。我和小思年龄相仿,我当年随家流亡到台湾新竹,还不是也穷得不像样子?二十多家人只有一个公共厕所(茅坑),数家合用一间竹子搭的厨房,我们那群野孩子伏在地上打弹子,在路旁小溪中抓泥鳅……大家当年都是难民,而这个历史上的真实影像反而被荷里活的一部娱乐片保留了下来,能不令我感叹?

然而,影片中的画家在阳台上依然可以转头看见美丽的维多利亚港,这个白人居高临下,就好像住在山顶上一样,在有意无意之间表现了另一种优越感。不知道那几个在下面阳台上嬉戏的孩子,心里想的又是什么呢?

毛姆和《彩色面纱》："爱在遥远的附近"？

《爱在遥远的附近》影片原名《彩色面纱》(*The Painted Veil*)，是根据英国著名小说家毛姆(W. Somerset Mausham)于一九二五年所写的小说改编。我曾以英文写过一篇文章，登在四月号的英文杂志《瞄》(*Muse*)上，仍觉意犹未尽，再写此文，内容也不尽相同。

我在大学时代就读毛姆的小说，觉得他的英文文体浅易，而内容也甚生动，谈的是《人性枷锁》(*Of Human Bondage*)和《剃刀边缘》(*The Razor's Edge*)，现在早已忘了。多年后，毛姆的作品仍然有人看，改编成电影的也不少。这部作品《彩色面纱》就被改编过三次，第一次（一九三四）是由嘉宝(Greta Garbo)主演；第二次（一九五七）改名为《第七种罪》(*The Seventh Sin*)，由绮莲娜·柏嘉(Eleanor Parker)主演。两片我都没有看过，但以当年名气大的女明星领衔，是有道理的，因为这个故事的主题就是有夫之妇的"婚外情"——这个名词太美了，毛姆用的字眼是

"通奸"(adultery)。

在当今世界,通奸有什么大不了?"包二奶"已成了香港人的"常态",接踵而来的可能是"人尽可夫"了,然而在毛姆的笔下,"通奸"却是一项大罪状,这是他惯用的主题,而主题的背后就是通俗问题。喜欢看毛姆作品的人都知道,他最喜欢探讨的就是"背叛"和"赎罪"的问题,其大部分故事的结局都是悲剧。他小说中的人物个性有很多缺陷,很难弥补,不可能像俄国小说家——如托尔斯泰和杜斯妥也夫斯基——笔下的英雄一样,在宗教道德的感召下,终于可由放逐和劳役的修炼而得到救赎,修成正果。虽然毛姆自己不信教,但他小说中的宗教感也呼之欲出,和后来的积林(Graham Greene)一样,只不过他对人性永远持悲观论调罢了。《彩色面纱》的主题就是赎罪,但并没有成功。

然而在现今这个世俗的世界中,宗教感已荡然无存,剩下的只有爱情,所以本片的在港译名故意以爱取胜,以吸引女性观众。《爱在遥远的附近》——这个名字听来像是一首主题歌,其实就是远在天边,近在眼前。故事中那个不贞之妇吉蒂(Kitty)最后才领悟到:原来自己钟爱的不是情人,而是丈夫,虽然结局还是悲剧(丈夫染上瘟疫,救不回来),但爱情悲剧的力量或许会令不少妇女观众热泪盈眶吧!

妙的是此片的编剧奈斯维纳(Ron Nyswaner)竟然得到数个"最佳改编奖",不知毛姆在天之灵作何感想?难道爱情的力量就可以救赎一切吗?我相信爱情,观后也颇受感动,觉得两个主角演得不错，特别是饰演丈夫华特（Walter）的爱德华·诺顿（Edward Norton），然而我更忠于毛姆，不愿意"背叛"他。上海来的另一位朋友也是毛姆迷更是不停地摇头，认为此片完全背叛了毛姆小说原著的精神。

令我更失望的却是此片把原著中的前后两大段关于殖民地香港的背景完全删掉了，换成了上海，而且一开始就是一片中国农村大自然的美景（摄于桂林的丽江），然后才以几个倒叙镜头交代这对貌合神离的夫妇如何在伦敦相遇的情景。仅从电影结构而言，似乎十分完整，然而原著故事的开头却是在二十年代的香港，如果我是导演，绝不会放过如此精彩的镜头和对话：

> 她吃惊地叫了一声。
>
> "怎么回事？"他问道。
>
> 即使是关了百叶窗的室内是阴暗的，他还是看到她一脸惊恐的样子。
>
> "有人想开门。"
>
> "噢，也许是阿妈，或是孩子吧。"
>
> "他们在这个时候绝不会来的，他们知道我吃了中饭一定睡午觉。"

到此我早已猜到大半了：男女情人在午饭后通奸，而且是在女人的房里，那个在门外偷窥的就是她丈夫。毛姆用了"shutter"（百叶窗）这个字眼，又故意把 lunch（午餐）说成英国殖民主义者常用的"tiffin"，我不懂，还特别去查了字典。不愧是名家，一语道破,而且稍后更把瓷制的门柄也点了出来,真是观察入微。原来吉蒂的丈夫华特是香港殖民政府的细菌研究专家,而吉蒂的情人查理·汤森德(Charlie Townsed)更是港府的一位官员。为什么故事发生在香港?因为在毛姆眼中,当年的香港是一个很颓废的地方,英国人住在维多利亚山顶,社交圈子甚小,优哉游哉,除了参加各种宴席派对外,可能就只有通奸了。

此书一出,香港的某些英国人大为震怒,要以诽谤罪告上公堂,毛姆的出版商赶快在庭外和解,付了两百五十英镑,毛姆也把主角夫妇的姓从 Lane 改作 Fane,又干脆把香港的名字也改成一个想象中的殖民地"青烟"(Tching Yen),到多年后再版时才又改回香港。这一番劳什子的麻烦有何意义?难道 Lane 令当时人想到连·卡佛(Lane Crawford)?

为毛姆作传的梅尔斯(Jeffrey Meyers)似乎不是香港人,还没有挖到这个细节。当时的这种投诉法显然又是一种"维多利亚"式的虚伪道德表现,而也正是毛姆讽刺的对象。他在序言中说:连英国的首相和大主教都被搬上舞台或放进小说,他仍从来不置一词,竟然香港一个毫不足道的小官认为影射的是他,真是莫名其妙。

毛姆曾于一九一九至一九二〇年到中国旅行四个月,路过香港小住,想来印象不佳,那时候的港督应是金文泰(Cecil Clementi),至于那位小说中的助理司长,则不知是谁。然而这些殖民官员的敏感也自有其原因,愈是偷鸡摸狗,愈是要在表面上道貌岸然。况且这部小说的书名还出自雪莱的一句诗:"... the painted veil which/those who live call life."（这个彩色面纱/活着的人称作生活）

面纱中的"生活"意义是什么？小说中描述了两种生活：一种是华特和吉蒂初到香港时过的无聊生活，另一种却是华特逼吉蒂随他到附近中国农村中去体验的"炼狱"生活，这就是毛姆笔下的"无间道"：不是"卧底"，而是故意"卧"到生活的底层去受难，饱经煎熬。在这部小说中的"煎熬所"就是瘟疫蔓延的"梅檀府"（Mei-tan-fu）。这个虚构的地方应该距离香港不远，而且在毛姆笔下也穷困不堪，绝不会像"桂林山水甲天下"那么秀丽。华特带吉蒂来到中国，为的是惩罚她，也让她体会另一种人类生活的方式是什么。他在序言中又说：这个故事的灵感原来自但丁（Dante）《神曲》（*Divine comedy*）中的《炼狱》（*Purgatorio*），相传有个小故事：一个贵妇不贞，丈夫把她带到自己的古堡去住，想用当地的毒药熏死她，但她久久不死，他不耐烦了，干脆把她从古堡窗口推下去！当然这个故事本身也是毛姆早年在意大利做学生时道听途说的，多年后趁旅游中国之便，就移植到这个南中国的小农村来。这是一种寓言，中国大地成了西方人的"生死场"。其实这个主题影射的反而是十七世纪以降基督教传教士来华传教的经验，所以故事中势必有一个天主教堂和数位献身的修女。

这部影片的导演尊古伦（John Curran）说："我们要这部电影有真正中国的特色，不要像一部你可以在墨西哥或意大利拍的片子。"不错，但桂林的山水未免太秀丽了吧，又如何变成炼狱？霍乱病的描写也是草草了事，却故意加上一笔小说中所无的中国民族情绪，连黄秋生饰演的国民党上校角色也"正面"之至——他会说流畅的英文和俄文，但却说不了几句，害得这位以"人肉叉烧包"称帝的名演员在此无戏可演（原著中这个角色更不显眼）。

剩下的只有上海的租界了。看来在现今洋人眼中香港早已被上海所取代。然而，没有香港的殖民地背景，没有维多利亚山顶的百万豪宅，偷情通奸，又有什么"韵味"可言？

在小说结尾，华特死了，吉蒂却得以幸存，她又回到香港旧情人的怀抱。中国经验使她得到"救赎"了吗？只不过令她看穿了这个殖民地情人的真面目，生厌后扬长而去，返回伦敦。对于一个"英国本位"的作家而言，香港才是"遥远"的另类地方，有人来此追求异国情调，也许找到"爱情"，但大多数的殖民者却是在服务数年后从这个"异地"回到英国文化的"中心"，事如春梦了无痕，几番云雨过后，说不定连中国的瘟疫也忘了。

毛姆小说的结局未免这一代人读来泄气，因此影片加上了一个尾巴：吉蒂还生了一个儿子，到底父亲是谁，则不得而知。

附注：此片的另一特色是配乐，由名钢琴家郎朗主奏。我特别先买了一张此片配乐的唱碟（也得了一个奖），听后大为失望！内中最动人的一段音乐却是出自法国作曲家萨堤（Erik Alfred Leslie Satie）的一首小曲，因此我又买了一套他的全部钢琴曲来听,自我陶醉一番,从音乐中倒真的幻想到爱在遥远的附近。

第四部分

吃力不讨好
——谈中国文学名著之改编

最难拍的现代文学作品：
从五位中国作家说起

从五位中国作家说起中国电影史上，改编自中外文学名著最早的影片可能是《西厢记》(1927)和《少奶奶的扇子》〔1928，源自英国作家王尔德(Oscar Wilde)的剧本，洪深改编并导演〕，直到三十年代初期，才有改编自茅盾的短篇小说《春蚕》(1933)，这些都是默片。

有声电影问世后，三十年代出现了几部备受学者研究和赞赏的经典影片，如《渔光曲》(1934)、《大路》(1934)、《桃李劫》(1934)、《马路天使》(1937)及《十字街头》(1937)等，但当中没有一部源自文学经典，当然有些影片的内容受到五四文学的影响，因为有些编剧家——如田汉和夏衍——来自新文学的左翼阵营，直接继承五四传统。然而，为什么这些名编剧家未能把中国现代文学名著改编成第一流的经典影片？我认为原因相当吊诡：也许他们太尊重文学了，连写出来的电影剧本也非要像五四短篇小说一样。三四十年代的电影导演——如程步高、蔡楚生、孙瑜、卜万苍等——并非文学出身,而是"匠人"背景,在文学"经典"的光环笼罩下,始终未能发挥其电影视觉所长,拍起片来像话剧一样。因此,我再次得到一个和西片相同的结论:一流的文学作品往往拍不出一流的影片;而一流的影片往往源自非一流的文学作品。

从电影中揣摩中国现代文学,实在事倍功半,吃力而不讨好,所以中外研究中国电影的学者虽然日渐增多,但研究中国文学和电影改编关系的专家却仍然凤毛麟角。我虽在此不自量力来尝试,也仅能提出一点浅见。且先举出几个实例来讨论,从几位不同作家作品谈起。

改编自鲁迅三篇小说的平庸影片

鲁迅的短篇小说,早已成为中国现代文学史上的经典,但改编成电影的似乎不多,《祝福》(1956)、《阿Q正传》(1958)和《药》(1981)是硕果仅存的几个例子。《伤逝》也曾被搬上银幕,我以前看过,印象模糊。《狂人日记》近由作曲家郭文景编成歌剧,改名为《狼子村》,但似无电影版本。其他可以改编的如《孔乙己》《在酒楼上》《肥皂》《风波》《孤独者》等,至今好像还没有电影导演问津。

推其原因,我认为有三:第一是"光环"下的压力,鲁迅早已被捧为文学界的太上皇,谁敢在"太岁头上动土",必须谨谨慎慎,不能越意识形态的雷池一步,特别在中共建国后更是如此。

第二个原因是鲁迅的小说大多是短篇，故事性不足，情节简单，却以人物、气氛和叙事技巧取胜，拍成一个多小时的影片必须"加料"，添补情节，甚至把原著中着墨不多的小人物夸大，如此则有失原著本来的面貌和精神（一般文学作品尚可随意改动，有光环的经典问题就大了）。第三个原因，我认为也是最重要的原因，就是鲁迅小说的写作技巧早已超越五四以降的写实主义传统，而更带有现代主义的色彩，如心理描写、象征或表现主义的意象、语言中的嘲讽等，是一般写实电影的成规无法驾驭的，用写实的方法循规蹈矩地拍必会失败。可惜的是，偏偏所有鲁迅小说改编的影片都走这条路，大多都用绍兴的农村作背景，人物典型化，并时而作煽情式的描写，与鲁迅的冷峻和反讽笔法适得其反。

更吊诡的是，鲁迅的作品中其实含有不少视觉成分，《狂人日记》全部是由狂人的眼中看周围的现实世界，全是主观视野；《药》的电影形象更是呼之欲出，故事结尾坟前鲜花和乌鸦场面更像是电影镜头，整个故事的气氛都像是出自一部风格化的黑白片；《在酒楼上》的深冬气氛更可以从镜头中营造出来。

也许这是我的先入为主之见，所以个人对于改编成电影的鲁迅作品如《祝福》和《阿Q正传》的印象都不佳。《祝福》由名剧作家夏衍编剧，桑弧导演，白杨主演祥林嫂，演出颇为动人，但电影为什么失败呢？正因为它把原著中的知识分子叙述者的"我"取消了，整个故事变成了一种客观的写实叙事，失去了反讽和距离感，反而把小说套在三十年代左翼影片的意识形态框架之中处理,变成了一部彻头彻尾"控诉社会"的典型作品,故意强化祥林嫂的悲惨命运。

关于这一个删除叙述者的决定,夏衍提出他自己的理由:他把故事中的叙述者"我"误认为鲁迅自己,因此他说"鲁迅先生在影片里出场,反而会在真人真事与文艺作品的虚构之间造成混乱"。另一位名编剧家柯灵则看得较清楚:"这个'我'并不是小说中的人物,也并不完全是鲁迅"(见柯灵:《电影文学丛谈》,中国电影出版社,1979,页 24);柯灵先生的后半句说得正中要害,但前半句是否也有理? 我认为这个叙述者绝对是小说中的一个重要人物,在影片中可以作为一个角色出现,如费兹杰罗的小说和改编后的影片《伟大的盖茨比》(*The Great Gatsby*,1974)。但叙述者也可以作为旁白的声音出现,杜鲁福的影片就曾屡见不鲜。此外,《祝福》影片一开头也用了一句旁白:"那是很久以前的事了……"这句画蛇添足的话全是为了政治正确;把以前的封建旧社会和当今的新社会分开,意思是说现在不会发生这种事了。现在观之,反而令人失笑。

关于《祝福》的原著和影片的不同表现方法,柯灵认为电影中的叙述方法"完全是按照生活的规律,有顺序有层次地连续进行的……小说把实写和虚写参差运用,而虚写多于实写;电影剧本以人物的行动为主,虽然也有侧面交代的地方,基本上都是正面的描写,也就是实写"(《电影文学丛谈》,页 30—31)。这种把故事连成一贯的实写手法,虽可使全片节奏流畅(但如今看来进展仍然太慢),但在形象上太过"正面",到了片子最后,连镜头也拉到正面特写，只见祥林嫂在漫天风雪之中，衣衫褴褛，撑着拐杖，一步步走向前，仿佛要把她的"控诉"带到观众面前！也许当年观众看后感动，我却无动于衷，因为影片把原作中的反讽意味全部删除，成了一部通俗煽情片。

从剧情结构而言，夏衍和桑弧只能抓住写实叙事中的"通俗剧"成分，然而比起其他的经典影片——如一九三四年应云卫导演的《桃李劫》——仍然逊色一筹，因为它没有充分利用电影的影像功能，而单单把它当成一出实景舞台剧来处理。夏衍本来就是出身话剧，和不少三十年代影界左翼文人一样，而桑弧呢？在张爱玲编剧的影片（如《太太万岁》《人到中年》）中他时有佳作，但放在此片似乎被鲁迅的名声镇住了，不敢随意发挥。其实《祝福》中有不少场面都有电影"潜在"因素，可以用另一种方法来拍摄，如祥林嫂儿子被狼所食的镜头，大可拍成有图腾意义的蒙太奇效果，也许是受了当年（1956）影片制作的政治和物质条件所限，此片也只能做到这个地步。

乏善可陈失却"反史诗"意义

至于"文革"以后方出产的《阿Q正传》就更"情无可原"了，我认为此片从头到尾的写实，乏善可陈，创作人故意卖弄各种电影镜头，反而失去原著"反史诗"的反讽意义。

《阿Q正传》是鲁迅短篇小说中最长的一篇，但情节并不连贯，前半部以调侃的口气、冷酷无情地描写阿Q这个小人物的衣食住行本能,甚至有点荒谬色彩,试问又怎能将之写实化?到了故事的下半部剧情才有进展,作家把阿Q放在革命的狂潮之中。但鲁迅小说中的"革命",仍然是荒谬的,乱成一团,要处理这类既荒谬又杂乱的场面谈何容易?如果把意大利导演费里尼(Federico Fellini)请来中国做幕后指导,说不定会有点风格。其实更适合原著风格的是一部欧洲文学史上的经典作品:捷克作家哈实克(Jaroslav Hasek)的《好兵帅克》(*Good Soldier Schweik*, 1960),这部名著由一位捷克导演阿索云·安伯斯(Axel von Ambesser)拍成电影,成绩平平。然而这部小说比《阿Q正传》长得多,人物丰富,用一个弱智的"好兵"来讽刺第一次大战爆发前后奥匈帝国统治下的捷克社会,颇有卡夫卡式的荒谬意味。

相形之下,《阿Q正传》中的其他人物似嫌薄弱,鲁迅的用心在于讽刺中国的"国民性",但只用一个没有灵魂和思考能力的农民阿Q,其他人物则仅是淡淡"素描"(sketch)而已,对话也不多,所以改编成电影时难度更大。影片为了弥补故事情节的不足,除了把实景放在绍兴附近小镇(因此拍出小桥流水的风光)外,也着意描写阿Q的幻想,特别是在土谷祠发梦的一段,显得很夸张,但到了最后阿Q被枪决的场面,原作中的蒙太奇效果——如围观的路人像狼一样的眼睛"连成一气,已经在那里咬他的灵魂"——却未能发挥出来,这是故事的高潮,但放在片中却成了俗套。

近日偶然在内地买到《药》的电影版本,摄于一九八一年,是纪念鲁迅一百周年诞辰之作。八十年代初已是文艺界欣欣向荣的开始,但我观后觉得此版竟然"旧"得像三十年代的作品,无甚新意。唯一值得一提的是两位编剧家费尽脑汁,加添了不少次要情节,把故事中的一个次要人物——革命分子夏瑜夸大为英雄,又把夏瑜的老母的悲伤情节拖长,犹如祥林嫂再世,甚至连导演手法都处处在模仿《祝福》,只不过镜头转接稍微顺畅而已。

小说原来以老栓于太阳未出前的清晨,摸黑到砍头刑场去买血馒头为儿子小栓治肺病开始,气氛十足,但片中却把它放在结尾前的高潮,这是典型荷里活式写实片的规范,连改编鲁迅经典也不能免俗,实在令人慨叹编剧和导演想象力的局限。我还是耐心看下去,一直等到片子最后一景。果然不出所料,是郊野坟场,两个母亲为各自死去的儿子上坟祭祀。鲁迅在这个凄冷已极的场面中故意加上一个"曲笔"——在瑜儿的坟上"凭空添上一个花环",作为支持五四运动的"呐喊"象征,然而这个较有积极意义的曲笔却被另一个意象——乌鸦——所抵消,最后瑜儿的母亲要乌鸦飞上坟头,让这位烈士显灵,但"那乌鸦也在笔直的树枝间,缩着头,铁铸一般站着",最后当两个母亲离去时才呀的一声大叫,"张开两翅,一挫身,直向着远处的天空,箭也似的飞去了"。

这最后一段,是所有鲁迅读者早已耳熟能详的一段,当然研究者也为其象征意义争辩不休。在这部影片中,虽然表面上故事一切照搬,但镜头的处理完全没有任何创意,乌鸦镜头(不止一只乌鸦)瞬间即过,变成了无关紧要的背景之一,而花圈的镜头却再三出现,并以此终场,喻义十分明显,这就叫作"光明的尾巴",原来的"曲笔"点缀也成了"正笔"和主旋律。在这种心态下拍成的鲁迅影片,又如何经得起"时代的考验"?

也许,鲁迅小说中的思想性和象征性的文学语言太丰富了,本来就与电影的写实风格格格不入,仅仅用普通的写实手法来说一个故事,至多也不过差强人意。我认为鲁迅的作品必须用"不凡"的电影手法表现,目前似乎没有人做得到。

最出色的改编:老舍的《我这一辈子》

把中国现代文学搬上银幕的最成功作品之一,我认为是老舍的《我这一辈子》(石挥导演,1950)。这是一部中篇小说,用一种说书的方式,但却出自一个清末巡警的口中,有其主观的一致性,这是老舍小说所惯用的平民观点,而且描写的是北京(当时叫北平)中下阶层人民生活,这当然是老舍小说的特点,我觉得比他写知识分子(如《二马》)更为精彩。

《我这一辈子》的原著非但故事长短适宜,情节一波又一波地展开,而且由叙述者娓娓道来,说的是一口道地的北方话,所以由道地的北京人石挥自导自演,正好合适,几乎不作第二人想。演老舍的戏必须用纯正的北京话,还要加点土话,说起来才韵味十足,这一点石挥完全做到了。另一个要诀是表演技巧,当年的北京人说话有点像演戏,台词说得故意"油腔滑调",但心地善良,在这个市井世界,几乎没有一个坏人存在。这一切在影片中都发挥得淋漓尽致,让观众感到置身在一个极有人情味的世界,达到写实主义的真实效果。可惜片尾作政治说教,看来甚为牵强。

老舍最著名的小说是《骆驼祥子》,一九八四年初曾拍成彩色片,凌子风导演,成绩不错,但我觉得还是没有五十年代拍摄的《我这一辈子》印象深刻,原因何在?

《骆》片领衔主演的张丰毅和斯琴高娃都是第一流的演员,北京话也说得字正腔圆;斯琴高娃演虎妞,堪称一绝,泼辣之中见人性;张丰毅演祥子,似乎太过憨直,但也称职。更难能可贵的是,老舍原著中不少俗话谚语——如"肉包子打狗,有去无回"——都被收录于对话中,说出来很自然。可惜的是当年"老北平"的面貌在片中几乎荡然无存,仅凭几场雪景和夜景(显然受到制作条件的限制)是不够的。导演想避重就轻,从食物着手,并以此反映穷人的疾苦,如果和老舍笔下的北京市井生活——如天桥下的杂耍、天坛附近的夜市——相较的话,那种温馨又活泼的典型北平人"过日子"的生活世界,在片中还是呈现不出来。只有在这个乡土人情的世界中,祥子和虎妞的感情才有特殊意义。好在有这两个演员以演技支撑全局,而且改编后的故事也颇忠实于原著,没有变成大团圆结局(英文的第一个译本竟然让祥子和妓女小福子成婚)。

布景简陋,无法重现昔日北平风貌是全片的致命伤,这个缺隙并非本片所独有,后来陈凯歌拍的《霸王别姬》(1993)也有这个问题。也许,那一代人的生活方式早已随风而逝,后人连"回味"也做不到了。为什么我喜欢读老舍的小说？就是因为当中有老北平的味道，友朋中"知其味"的只有胡金铨一人，可惜他已过世，只留下一本他仅有的学术著作《老舍传》。

老舍的另一部作品《茶馆》，不知是否曾被拍成电影，但至少有北京人民艺术学院演出的舞台剧纪录片，我多年前看过。"人艺"的演出精彩之至，全体演员的"北平味"十足，特别是第一幕所描写的前朝没落人物，举手投足都是戏。老舍是满洲贵族的后裔，当然对那个失去的世界有所同情，但他又急于认同五四时代的新潮和新中国的意识形态，徘徊于新旧之间，他无所适从，心理上的痛苦，外人很难了解，后来在"文革"时被逼自杀，也并非偶然。

《边城》中湘西乡土的想象怀旧

另一位备受学者和读者爱好的作家是沈从文，他的众多作品中似乎只有《边城》被搬上银幕；一次是香港出品的《翠翠》（1953），一次是大陆七十年代出品的《边城》，前者由林黛和严俊主演，后者的演员我记不得了。《翠翠》演技动人，但背景简陋，并非湖南实景；后者则恰好相反，背景（实地彩色摄影）颇佳，但演员则不出色。

沈从文小说中的湘西世界，较老舍的老北平含义更深，名学者王德威曾在其英文专著《二十世纪中国写实小说》（*Fictional Realism in 20th Century China*）中特辟专章讨论沈从文小说中的

"想象怀旧"(imaginary nostalgia),它不是真的怀旧,而是用艺术方式勾画出来的一个充满神话意味的湘西乡土;换言之,《边城》中的人物既真实也不真实。但如何体现内中的神话色彩?显然单靠实景或抒情是不够的,它需要其他视像与音乐来作烘托,例如故事中两兄弟互相比赛唱歌、向翠翠求婚的一节,就需要"音画对位"了,而深谙水性的哥哥怎会无端端地溺死?是否有神鬼在背后作祟〔犹如屈原的《九歌》或希腊史诗中的妖艳女子(sirens)〕?内中如何在银幕上表现出来?说到底仅用写实手法是不够的。可惜的是,中国现代电影中没有"诗电影"的传统,唯一的例外可能是《小城之春》,但全片"读"来还像是一篇散文。

沈从文的小说世界向来兼具诗和散文的情调和含义,他把这两种不同的文体放在一个小说的架构之中,用一种他独有的文字语言表现了出来,和一般五四以降的乡土作家的风格不同,也和老舍的文体迥异。有时候沈的小说情节神秘兮兮的,而且人物有心理变态(如《三个男人和一个女人》中牵涉到恋尸情结),有时又用层层相扣但又掩蔽的叙事手法,这些技巧都不容易用平铺直叙的普通写实片手法拍出来。当然,也许这又是我的偏见。

《边城》(1984)的导演也是凌子风,我对这位导演的背景毫无所知,但端看他的文艺手法,就知道他甚有涵养。然而,电影的艺术不仅在于"文学性",更重要的是视觉形象和对于电影艺术本身的领悟。"文人"拍电影,不见得比"匠工"好,当然最好是兼二者于一身。

茅盾：五四电影改编最多的作家

据我的初步研究，五四的作家中作品改编成电影最多的是茅盾和巴金。

茅盾的作品被搬上银幕的更多，我看过的有《春蚕》（1933）、《林家铺子》（1959）、《虹》（粤语片，1960）和《腐蚀》（1950）等，桑弧的《子夜》还未看过，但以上述作品来说，成绩参差不齐。内中较受学者重视的是《春蚕》和《林家铺子》，前者虽是默片，却能表现出江南农村的小桥流水和养蚕的过程，在某种程度上达到了茅盾小说中自然主义的客观效果。然而默片的叙事手法——间或用上原著小说的部分文字——则显得笨拙。《林家铺子》是部有声片，摄于一九五九年，水华导演，也是夏衍编剧。电影学者陈力（Jay Leyda）曾在其学术专著《电影：论中国影片与观象》中以颇大篇幅讨论此片，毁誉参半，他认为片中的所有角色（不论正反）都太"甜"，与茅盾原著精神不合，而故事中的真正主角——金钱——在片中只不过是一件临时搭配的物品而已；换言之，自然主义小说中对"物质"的重视反被片中的温情主义掩盖了（见该书，页262—263）。其他学者对此也论述甚详，此处不赘。

我个人认为另一部根据茅盾小说改编的影片《腐蚀》绝对是一部罕有的佳作，可惜我初看的复制DVD版残缺不全，最后结尾部分模糊不清，即便如此，我仍然被片中的视觉形象——特别是黑白对照的光影运用——镇住了，这种源自德国表现主义的手法，被导演黄佐临运用得恰到好处，而编剧不是别人，恰是柯灵，此片也足以证明他对电影艺术的看法："电影所拥有的强大表现力，保证电影能够以极大的集中概括力量，来反映伟大的时代面貌。"（《电影文学丛谈》，页16）

妙的是《腐蚀》并非茅盾最好的代表作品，而且故事描写的是抗战时期国民党在汉口和重庆的特务工作，女主角本人就是一个自甘堕落的女特务。这一个题材，在茅盾作品中也罕见，是一种"反面教材"，作为一位左翼作家，茅盾在其作品中确有"矛盾"，一面歌颂共产党抗日，一面却对一个国民党女特务的感情生活特别关注，整个小说用她的日记形式以第一人称"我"的方式叙述，显然突出了这个女特务的"主体性"。我观后不禁想到最近李安改编自张爱玲小说的名片《色·戒》，两片相隔半个世纪，但镜头运用颇有相似之处，甚至在片头都不约而同地用两条狼狗的特写开场！

张爱玲和茅盾的这两部原著，我认为皆有不足之处，张的角度太过超然，而茅盾则故意批判，但仍然掩饰不住女主角赵惠明（丹尼饰）的某种颓废吸引力，否则那位由石挥饰演的爱国（也是共产党）青年怎会不由自拔地爱上了她？然而在中国电影的写实传统中，表现颓废并不容易，原著小说中并无色欲描写，对女主人公的身体和面部形象也着墨不多，唯电影镜头中反而表露无遗，饰演赵惠明的丹尼不是名女星，她的面部也不美——宽脸、尖颧骨、稍大的嘴,然而在黑白光影的调配下,她的颓废感特别突出,有心学者大可以此为题,写一篇类似罗兰·巴特(Roland Barthes)大谈"嘉宝的脸"的美学论文。

德国的表现主义艺术产生在二十世纪二十年代的威玛共和时期,我猜茅盾对之并不陌生,或在写作《腐蚀》时有所借用,但受到他的叙述文字所限(或者故意用温情主义的肉麻语言来表达女主人公的思绪),反而没有充分展示表现主义的颓废风格。此书写于四十年代初,不到十年,柯灵和黄佐临竟然把小说中的"潜在因素"发挥得淋漓尽致。我特别喜欢片中的几个阴暗场景:国民党特务头目的办公室、重庆特务机关会议室和监狱,这类触目惊心的镜头,皆用明暗对照(chiaroscuro)的灯光打造出来,凸显奸人的阴险奸诈个性,例如特务头目的面部特写,灯光从下面打上来,配以吸烟(片中每一个人都吸烟)的烟雾,造成一种"黑色电影"的效果和气氛,这种风格,在国片中尚属罕见。

可惜的是改编后的情节,意识形态逐渐明朗,也愈加接近"通俗剧"——忠奸分明,在最后高潮,石挥被毒打而死,丹尼接信后哭泣不止,最终被劝说弃暗投明。该片完成于一九五〇年,新中国刚成立,国民党已败,正好歌颂共产党英雄!所以不必像茅盾在写此小说时,尚未知国共内争的胜负。即便如此,这部影片在风格和形象上,还是可堪细味的。

巴金小说：粤语电影精品

茅盾的长篇小说《虹》也曾被搬上银幕，但拍的却是粤语片，李晨风导演，我在香港电影资料馆看过，觉得成绩尚可，但未能拍出小说的史诗式的架构；小说开头女主角梅行素过长江三峡的场面省略了，整个故事可以看作她——一名年轻知识分子——的感情和革命情绪成长过程的写照，然而影片中却无法表现，仅做到交代部分情节而已，比不上同一导演李晨风演绎的巴金小说《寒夜》（1955）。

无独有偶，《寒夜》的故事背景也是抗战时期的重庆，内中描写的是一个困居在这个山城的小知识分子的家庭；男女主人公本是一对有理想的恩爱夫妇，但同居后却发生婆媳冲突，妻子曾树生一怒离去，老实而软弱无能的丈夫汪文宣却在内外受罪的煎熬之下，害了肺病，在抗战胜利之日不支而死。

学者们大多认为《寒夜》是巴金生平所著最好的小说，既写实又不过于温情，而且对于战争时期重庆的日常生活细节有极为细致入微的描写。巴金自己事后回忆说："《寒夜》中的几个人物都是虚构的。可是背景、事件等等却十分真实……整个故事就在我当时住的四周进行，在我住房的楼上，在这座大楼的大门口，在民国路和附近的几条街。人们躲警报、喝酒、吵架、生病……这一类的事每天都在发生。"这一种临场直接感，在小说中十分生动地呈现了出来，甚至小说第一章卷首有关汪文宣躲

不必然的对等：文学改编电影

警报的场面都是巴金"在执笔前一两个小时中亲眼见到的"。（见巴金著，《寒夜》人民文学出版社重印版，2005，附录页291、292）

如何可以在事过境迁之后用电影去捕捉这种直接的临场感？这显然是原著小说对电影改编者的一大挑战，况且电影还是在香港拍摄，用粤语发音！李晨风似乎对五四文学情有独钟，甚至比内地导演更烈，尤其难得的是，他改编后的广东话并没有影响原著语言的完整。我甚至认为，李晨风改编的巴金作品——除《寒夜》外还有"激流三部曲"中的《春》——都比国语版好。我刚看过永华公司在四十年代拍的《家》，由卜万苍、徐欣夫、杨小仲及李萍倩四位导演执导，片长两个多小时，沉闷不堪，乏善可陈，比香港中联电影公司出产的《家》《春》《秋》差多了。

李晨风改编后的《寒夜》，十分尊重原著，只有在片尾最后一场——曾树生在坟前和婆婆与儿子重逢、化解怨仇的一节——妥协了，因为原著中并无这一个大团圆的结局，只有树生到处找寻亡夫之墓不获，心中酸楚楚地思考是否应该离去，最后她自言自语地说："我会有时间来决定的"，似乎有点像《乱世佳人》中史嘉莉（Scarlett）最后的那句独白"Tomorrow is another day"（明天又是另一天）的意味。但这种团圆式的结局也情有可原，可能是要照顾到当年香港观众的口味吧。

香港演员之可贵

更难能可贵的是,片中的日机轰炸镜头,剪自新闻片段,十分逼真,另片头的躲警报镜头也拍得认真,并不偷鸡摸狗,在当年(五十年代)香港的贫乏物质条件下,把炮弹落地、群众惊逃的场景处理得如此真实,并不容易。李晨风的场面调度手法不着痕迹,类似荷里活经典片的风格,在人物的刻画上更见功力。吴楚帆这位中联当家小生,在造型上十分适合演五四知识分子的角色,本片中他的演技自然而毫不造作,把巴金笔下的小人物的亲切感表现出来了。白燕演的汪太太树生也十分称职,但表现最佳的却是饰婆婆的黄曼梨,尖酸毒辣,出色之至,胜过演此类角色的所有国语片明星。为什么这几位粤语片明星能够把中国现代文学中的经典人物演得如此出类拔萃?我对粤语片的研究不深,很难回答这个问题,但至少我在这些佳片中看到一个不完全受国语话剧台词和表演方式影响的演绎传统,语言生活化,动作不夸张,正符合写实主义影片的要求。反观三十年代以降的内地电影,有时把普通话说得有南方口音,有时连坐立的姿势都像在演舞台剧。卜万苍等导演的《家》的致命伤正在于此,我实在看不下去。

粤语版的"激流三部曲"分由三位导演负责,但格调相当统一,节奏虽然颇为缓慢,但却能把原著中传统大家庭各代人物之间的烦琐复杂关系,表现得十分贴切。小说中的四川家庭,"封建气"浓,这原是巴金的本意,然而内中年轻一代的男女关系,却用一种五四的浪漫方式来描述,《家》中大哥觉新,夹在新旧之中,是主角,唯小说中他的恋情写得不够深入。然而,粤语片(吴回导演,1953)中饰演觉新的吴楚帆反而演得入木三分,他对表妹梅芬的感情十分被动,吞吞吐吐,吴楚帆演得恰如其分;张瑛饰的觉慧和紫罗莲饰女仆鸣凤的爱情,则是一种相当传统的"才子佳人"模式,放在小说中反而有点俗套。《家》毕竟是一部五四反传统的经典小说,为了使当年的读者对这个苦丫头同情,不惜让她自杀,我认为是有点煽情。然而在粤语片中,这段情却表现得很自然,展示出一个传统大家庭的世界,尽管少了一份五四式的狂热激进,却添加了不少人情味。

李晨风导演的第二部小说《春》(1953),主轴戏依然是较传统的大哥觉新,这一次表妹周蕙(白燕饰)对他暗恋,他竟懵然不知,但为时已晚,觉新的小儿子染病,他不敢请西医,竟使儿子白白夭折。这段戏不仅牵涉到家庭伦理,而且更表露出觉新在性格上的弱点,他的拖延和犹豫不决,如在另一个导演手下会变得无聊可鄙,但李晨风的平淡处理手法和吴楚帆的出色演技,却引起观众同情。

看完这三部影片,非但唤起我早已遗忘的巴金小说,而且令我对香港粤语片的传统刮目相看。也许,真正能够体会到五四新文学精神的人,不在于当年运动的中心——北京和上海,而在时空上都有距离的边缘——香港。

国片不及粤片：
重读曹禺的《雷雨》与《原野》

除了中国现代作家的小说之外，一九五七年，粤语片中还有选编了曹禺的《雷雨》（白燕、张瑛、卢敦主演，吴回导演，当中还有幼年时代的李小龙），我观后大为惊服，要知道把这部戏剧名作搬上银幕，殊不简单。作为中国现代文学史上最著名的剧作家曹禺，早年写过四部脍炙人口的话剧：《雷雨》《日出》《北京人》和《原野》，都是改编搬上银幕的好题材，但至今我只看过两部影片，一是上文提及的粤语片《雷雨》，另一部是普通话版的《原野》（1981），由影后刘晓庆领衔，男主角是杨在葆，导演是凌子（是否就是执导过《骆驼祥子》的凌子风？我未能查及有关资料，不得而知）。

心慕奥尼尔与希腊悲剧

我曾写过一篇追忆曹禺的文章（收录在拙著《人文文本》），

不必然的对等:文学改编电影

内中谈到我在美国见到这位名作家的宝贵经验,也提到我对于其早期剧作的看法。现在思之,却发现这些剧本最难搬上银幕,因为曹禺早年受西方现代戏剧艺术理论及作品影响甚深,但其剧本的主题和内容却是"五四式"的反封建和反传统的题材,内容虽然可以引起观众共鸣,但配合西方戏剧的形式如何展现于银幕,又是另一问题。中国现代电影的主潮是写实主义,自三十年代以降,用非写实的手法拍成的影片凤毛麟角(马徐维邦的《夜半歌声》是一个例外,后来张国荣主演的重拍版就比不上了),更不必提曹禺当年心慕的奥尼尔(Eugene O'Neill)和希腊悲剧。《雷雨》的艺术来源是希腊悲剧和奥尼尔的《榆树下的欲望》(Desire under the Elms),到了曹禺之手,他改头换面,加进中国传统大家庭的伦理框架之中,变成了《雷雨》。

所以比较文学出身的学者(如刘绍铭和胡耀恒)研究曹禺,皆由上述西方作品入手,特重内中的继母周繁漪(黄曼梨饰),她爱上了自己的继子周萍(张瑛饰),情节与《榆树下的欲望》相似。另一条线则是周萍和婢女四凤(梅绮饰)的同母异父兄妹乱伦之恋,我认为内中也暗含另一部希腊悲剧艾丽卡(Elektra)的元素。希腊悲剧的一贯主题是"原罪"的世代报应——上一代人犯的罪必成为下一代人悲剧之因,因此最后的结局往往是主人公必死或发疯。是故,《雷雨》的剧情骨架定必出于此,然而,令人担心是中国观众又如何能接受?

曹禺精明之处,就是把这个西方"报应"的观念搬到中国,并移花接木,成为中国式的冤孽故事。《雷雨》的罪恶之首是封建富家子周朴园,他和婢女侍萍私通,生下二子周萍和大海,后侍萍被赶出门,绝望之下投河自尽,但未死……于是下一代人的错综复杂的纠葛情节因而得以展开。换言之,悲剧变成了"通俗剧",以煽情为主,最后必有高潮。在曹禺原著中更巧妙地安排一场雷暴雨,把希腊悲剧中的另一个"圈套"——所谓"deus ex machina"(或可转译为"鬼使神差"),由不可知的天意来改变或结束剧情——改头换面之后,成了中国式的雷劈报应。

两部电影之优缺点

粤语片《雷雨》,我认为改编得十分成功,因为它明显地把周繁漪的这条主线分量减轻,而把重点放在侍萍(白燕饰)和她的子女身上,白燕当年是个大明星,由她演侍萍,当然成了主角,饰演周繁漪的黄曼梨显然是配角。我初看时对于这种改编颇不适应,觉得和原著精神相差甚远,怎么周繁漪的内心戏完全不见了?此次重看,觉得这种方法也未尝不可,至少它可以把握住观众的情绪,使得观众完全被复杂的情节所吸引,加上各演员落力的演出(包括导演吴回自己,演侍萍的丈夫鲁贵),看来紧凑动人。最难能可贵的是片中所用的西洋古典音乐,我听出李察·史特劳斯(Richard Strauss)的《蜕变》(*Metamorphosen*)和西贝流士(Jean Sibelius)的《黄泉的天鹅》(*The Swan of Tuonela*),还有一首听来极"前卫"的管弦乐作品,像是出自荀贝格(Arnold Schoenberg),颇有"神经质"(neurotic)之风,片中所无法展示的现代感，倒是由电影音乐表现出来了。我看的 DVD 版没有片头字幕，可不知这位幕后功臣是谁？

《雷雨》的粤语片拍得紧扣人心，连雷雨的场面也处理得不俗。后查资料发现，《雷雨》曾于一九三八年搬上银幕，沈西苓导演，陈燕燕、王引等主演，同年沈又拍过曹禺的《日出》，袁美云主演，可两片我皆未看过。相形之下，国语片《原野》除了色彩缤纷之外，几乎乏善可陈，不知当年为何如此轰动？（该片于一九八八年上映，并得到最佳故事片和最佳女主角的"百花奖"。）记得我第一次看时是在戏院里，看到大银幕上展现的绚丽原野，真把我给镇住了，从来没有一部中国影片可以把原野外景拍得这样美！但继续看下去后，则逐渐感到不耐烦，只觉得戏味太重，演得像是舞台剧，和我心目中的《原野》——也是我心喜的曹禺作品之一——大异其趣。这次重看 DVD 影碟，感觉依然相同。

我一直认为《原野》是一部彻头彻尾的表现主义作品，脱胎自奥尼尔的《钟斯皇帝》(*The Emperor Jones*)，原来钟斯是一个黑人，他的原始种族情结才是全剧的主干，所以在最后一幕被追捕时，才有非洲森林和"通、通"的鼓声的气氛，这完全是一种心理的外在投影，也是奥尼尔爱运用的典型表现主义手法。曹禺在原作中尚保留少许象征元素，如果舞台设计和演出得当，也许可以重现一种中国式的表现主义效果。但《原野》全剧的情节不如《雷雨》强，所以更要靠演员的表演，此片只有盲眼的母亲造型最佳，但饰演强盗仇虎的杨在葆似嫌文雅，而刘晓庆演她的未婚妻金子,则极尽夸张之能事,比不上她在《芙蓉镇》中的感人演出。看来导演凌子的功力还是比不上谢晋。

本片最大的缺点就是结尾:二人逃亡时完全制造不出紧张悬念气氛,且不说表现主义,就以普通的写实场面而言,效果亦不佳,成了反高潮。《原野》的英文译名是 *The Savage Land*,可是全片却毫无粗野的意味,反而内中一场秋天红叶的场景却带来一股温馨,美则美矣,但美得没有意义。也许,没有看过曹禺原著的观众,反而不会有此先入为主之见,倒反过来被这种美景所吸引,加上刘晓庆的艳丽面容,足够享受了。

其实,中国电影史上公认有经典地位的影片——如《十字街头》《马路天使》《桃李劫》《乌鸦与麻雀》等,当然还有费穆的《小城之春》,内中没有一部是根据中国文学名著改编的。直至八十年代兴起的第五代导演如张艺谋和陈凯歌,初拍片时往往取材于同一时代的"寻根派"小说,如莫言的《红高粱》和苏童的《妻妾成群》(即拍成电影《大红灯笼高高挂》),但九十年代以降,资本主义市场化之后,电影和文学似乎再次分道扬镳,这也是一个值得探讨的现象,且留待电影学者研究好了。

壮观的空洞：
《赤壁》作为改编反例子

看了吴宇森的《赤壁：决战天下》(2008)，令我大失所望，观后反思原因何在，得到两个结论：一是作为一个影迷，我觉得这位大师级的导演江郎才尽，在重施故技之余已无创意；二是作为文学经典《三国演义》的忠实读者，我认为该片非但随意曲解原著（包括原来的历史《三国志》），而且为了票房和娱乐的考虑全然不尊重文学。当然这种是我的偏见，基于身为一个"吴宇森拥趸"的立场，愿在此略抒己见。

《赤壁》下集令我失望的表面原因很简单：上集拍得不差，特别是最后十分钟的战争场面，场面调度和镜头运用出色，自然会使观众热切期待下集的两场高潮戏——草船借箭和火烧连环船。不幸在看完上集之后，我在坊间购得一套电视剧《三国演义》（十九集"国际版"），竟然看得津津有味。当然电视剧的制作简陋，无法和吴宇森的千万元大制作比拟，但内中草船借箭的场面，两片竟然如出一辙，到底是谁抄谁？到了最后的半个钟头的火烧连环船高潮，因是夜中大战，即使是火海，但看来看去还是乱战一团，那是搭出来的实景还是利用小模型？我看得不大清楚，心想电脑特技（包括韩国技师的协助）的功用何在？有心人不妨把此片和两部近年的荷里活大片比较一下：胡夫刚·彼得逊（Wolfgang Petersen）的《木马屠城记》（*Troy*，2004）和列尼·史葛特（Ridley Scott）的《天国骄雄》（*Kingdom of Heaven*，2005），高下立见。《木马屠城记》以电脑设计的场面取胜，即使有简陋之处（如雅典船队靠岸那场戏），但依然情节紧凑，但《赤壁》下集几乎无情节可言，而片子前段孙权之妹在曹营做密探的部分，简直不近情理，匪夷所思，只不过让导演展露一下踢"足球"（蹴鞠）的场面而已，但偏偏这片拍于周星驰的《少林足球》之后，光彩尽失。

草草处理画蛇添足

《天国骄雄》虽是商业制作，但内含一个新的"修正主义"主题：萨拉丁（Saladin）领导的回教军较基督教的十字军军势强，而且更有理可据。《赤壁》下集似乎亦有少许翻案意味，片尾特别突出曹操的"正面形象"，竟然吓倒吴蜀联军的数位英雄好汉！即使历史上有凭有据——《三国演义》显然较《三国志》更同情蜀国三杰刘关张和诸葛亮——但处理曹操这个历史人物并为其"平反"，必须从角色性格着手，其中最关键的一场戏——曹操醉吟"乌雀南飞"诗句在片中就草草了事，反而电视剧处理得更精彩。多亏饰演曹操的张丰毅这位资深演员的演技功力，否则效果更不堪设想。

片中故意删了黄盖的苦肉计一节，可以理解，但把华容道关公放曹操的一段也略掉了，则距离中国"文化记忆"太远了，片中竟然从关公之口说出一句"你早已过时"的话，差点令我笑掉大牙！影射的是什么？如果要"反正"的话，不如出之曹操之口！

任何大部头的制作都要讲究情节和气氛，二者缺一不可，但皆为最后的高潮"造势"。吴宇森在这场高潮中想施展自己的百般武艺导演功夫，别的导演可能是在一场大火后了事，下面的镜头必是尸横遍野、满目疮痍（如电视剧中所示），但吴宇森故意要在火烧之余还要继续搏杀下去，这也是他的一贯作风，最后高潮必然打得惨烈之至。但在此片中，惨烈场面反而被几个莫须有的镜头淡化了，赵薇饰的孙权妹也参加助兴，甚至和曹营士兵来一场爱与死的肉麻镜头，真是俗不可耐，别人打得血肉横飞，她竟然安然无事！

我不禁想到吴宇森的另一部作品《烈血追风》（*Windtalkers*，2002），在这部不受欢迎的战争片中，吴的导演风格依然可观，战争场面调度有方，直到最后打到一兵一卒，惨烈之至，唯似乎全然忘了该片的原先主题——印地安人，反而歌颂白人英雄。如果由列尼·史葛特来导演此片，方法一定不同，甚至适得其反，不信可看他的名作《黑鹰计划》（*Black Hawk Down*，2001）。这类动作片背后的"必备条件"是正面人物必须牺牲得壮烈，甚至虽败犹荣，但在《赤壁》中，决战胜利者在最后一个也没有死，连曹操也放生了,甚至还不忘来一个赵云和周瑜英雄救美的镜头,相当媚俗(cliché),在荷里活的西部片和警匪片——包括吴宇森自己八十年代的作品——早已看过几百遍了。

《三国》本无女人戏,如果有,则是大乔小乔二姐妹,片中安排了一场小乔独入曹营劝曹操的一幕,似乎故意加进一个"英雄美人"的主题,但却是"错置"的,看来是受了《木马屠城记》的启发:既然特洛依的海伦"一个面孔起动了千艘战船"(The face that launched a thousand ships),何不也来一个"海伦式"的小乔?所以电影中拉了一位名模来演,美则美矣,但怎会演戏呢?我想除了票房因素外,可能还有一个改编的问题:片中两个"美人计",一前一后,可以使剧情更生动一点,并以此取代《三国演义》中的权术和计谋,因此在上集中颇露头角的诸葛亮,在此也被牺牲了,除了"草船借箭"和"借东风"之外,也无计可施。然而,这两场高潮戏皆是诸葛亮直接或间接促成的,不把他放在前台而以周瑜代之,其用心又何在?不仅把梁朝伟这个好演员糟蹋了,而且也抽去原著小说中的真正主轴。

权谋主题被淡化

把中国传统中的章回小说如《三国演义》改编成电影并不容易,其难处就在于"章回"太多,情节复杂,人物更多不胜"拍",搬上银幕不如搬上荧幕——拍成电视连续剧,因为这种方式可以包罗大部分的情节和人物,娓娓道来。如果拍得用心,

不必然的对等:文学改编电影

倒不妨作为初读《三国演义》的视听教材。这正是我认为年前中央电视台拍摄的八十四集电视连续剧可观之处,内中连对白都用文言,也大多直接引自原著,而主要演员的造型——特别是刘备、关公、张飞和诸葛亮——也与华人文化中的"集体记忆"暗合。最近又有一部《三国》的电视连续剧发行,据说更成功。

然而电视剧显然也有不足之处。它始终拍不出大场面,就是道具、服装和背后的历史感和精确性也会大打折扣,反而耗资千万的电影巨片能在这方面下足功夫,再现历史"真实"。不少理论家早已指出:银幕上的"真实"其实也是一种幻象,有功力的导演大可利用这种虚构性发挥一己之所长。历史小说也是一种虚构,《三国演义》与《三国志》大不相同,原因自明。然而罗贯中所撰的《三国演义》却较陈寿的《三国志》流传得广,原因无他,正是章回小说的结构把历史的段落连成一串串动人的情节,引读者入胜,甚至作历史的遐思。这是一个浅显的道理,在改编文学作品为电影时也至关紧要,甚至比背景历史和道具的讲究更重要。

且不说影片《赤壁》的历史真实性(显然内中虚构之处更多),但改编后的情节和形式,我认为大有问题。其他影评家早已指出周瑜和诸葛亮之间的亦友亦敌的关系被吴宇森简化了,变成了典型《英雄本色》惺惺相惜的俗套,因此也把原著中最重要的主题——权谋——淡化了(说到权谋和计谋,当然离不开曹操与诸葛亮)。我认为诸葛亮这个人物至关重要,他应该是《三国演义》的真正主角,也是赤壁之战的幕后主使人。然而诸葛亮是文官而非武将，和吴宇森所擅长的阳刚气的英雄形象不合，因此在《赤壁》下集中屈居大配角，主角是武将周瑜。

不错，赤壁之战的确是吴国卫土之战，统率大军的是周瑜，但在小说中周瑜是比较被动的，几乎被诸葛亮玩弄于股掌之中，所以有"三气周瑜"的情节。有关赤壁之战的前后几章尤其如此，主角显然是诸葛亮，从他舌战群儒促成吴蜀联盟到用计智激周瑜、草船借箭和借东风，甚至连火烧曹操连环船的高潮，所有情节都是诸葛亮发动的；周瑜只在反间计和黄盖的苦肉计（片中删除）中略占上风而已。而小说中周瑜和小乔的爱情在这几章中全付阙如。换言之，原著中的人物关系是以"文"带"武"，而非《水浒传》中武夫当道的布局，原因何在？

如果从《三国演义》的写作时代因素来推测的话，十六世纪的明朝已非武将领衔的时代，文人文化开始兴起，编撰者罗贯中也非一般武侠小说的作家，他甚有历史感，在小说中除了歌颂英雄外也表现了其历史视野（historical vision），这个视野在全书开章已经点明，这部小说描述的就是由合到分，最后"三分归一统"的过程，而这"三分"的情节显然是比"一统"更重要。有人说罗贯中骨子里是儒家——忠字当头，但我看并不尽然，这又牵涉到诸葛亮所代表的价值观问题了。

表面看来，诸葛亮绝对是忠臣，但他为蜀国谋划成功了"三分"，却令"一统"大业没有成功。从历史的眼光看来，他的悲剧性在于他的大业注定失败，但他"知其不可为而为之"。为什么不可为？因为他早已预知天下三分的格局，所以全书的前五十回也写得特别精彩,到了刘备死后诸葛亮辅佐少主阿斗的后半部,气势已尽,令后世人传诵的只不过是他的前后《出师表》。

如果论将起来,我认为《三国演义》小说中也混杂了不少道家和易经八卦的传统,诸葛亮观天象而察人事,匠心独运,所以我觉得"七星坛诸葛借东风"一节至关重要。

在原著中,祭东风的描写甚至较"三江口周瑜纵火"更仔细,但吴宇森把它完全删除了,可能是因为这段戏没有武打,拖累剧情。不拍此段,非但把原著的主旨抽掉了一半,而且也失掉了一个表现电影视觉功能的机会。为什么罗贯中把这段祭东风写得如此详细?它的象征意义何在?我以"外行人"看法是:它恰是把三分之局的历史,先用象征仪式表现出来:"七星坛"祭的是天象,以七面旗代表;但"坛高九尺,作三层,用一百二十人"朝夕守卫,诸葛亮上坛下坛各三次,借三日三夜的东风——这"三"的数字何其多!甚至"九"和"一百二十"也是由"三"和"四"的基数衍变而来,前者指的当然是天下三分之局,而后者似与季节有关(一年有四季),诸葛亮要"借"东风,须在深秋逆转"天行之道",但天命不可违,虽然借到东风,但"天下大势"究竟还是会"分久必合",诸葛亮在这个关键时刻,表面上笑着对周瑜说"天有不测风云",但心里早已知道他只是尽人事罢了。

以上论点是我的偏见,吴宇森可以不同意,然而《赤壁》除了娱乐之外,又有何文化意义?下集拍出来的大场面除了壮观之外,内容空洞之至,难怪名影评人林沛理在其主编的《瞄》(*Muse*)中说此片是"a spectacle of waste"(壮观的垃圾)。

光环背后的负担：
从《小城之春》说起

早前一篇李苏的大文，纪念他的父亲李天济（李为费穆导演的经典名片《小城之春》的编剧），文中特别批评"香港学者"如李欧梵之无知，竟然认为此片的剧本是费穆本人写的。在此我要公开向已仙游的李天济先生及李苏女士致歉，因为拙文中的确说错了一句话，如果改写为"费穆本人改编"字样就好了。毕竟，这是我个人疏忽的错误，不能怪罪所有香港的学者，因为香港学界和影评界有不少是研究《小城之春》的高手和专家。

这一个不大不小的失误，倒再引起了我对于改编的艺术的兴趣。且容我再从《小城之春》谈起。

费穆的再改编

既然李苏女士和她的亲友对"香港学者"有不良的印象，且让我引用内地著名电影学者丁亚平的一篇谈费穆的长文章（收入他的《电影的踪迹：中国电影文化史评》一书，中央编译出版社）。他在文中特别提到《小城之春》的改编过程："当时李天济尚不满二十六，是初出茅庐，这个剧本经吴祖光、曹禺、陈白尘等名剧作家推荐，但各大电影公司并未接受，最后到了费穆手里，他一口答应，三个月就拍完了（见该书，页277）。"费穆把李天济的原剧本一删再删，经过两次修改，"业已删去原剧本一半还多"，但还是嫌长；第三次见面时，费穆对李天济说："由我分镜头的时候再删，完全不伤害你的剧本，交给我吧，行吗？相信我吗？"在改编的过程中还对李说："有的时候，一个画面可以说很多的话。"（《电影的踪迹：中国电影文化史评》页261）

这真是一语中的，电影改编艺术的症结正在于此！《小城之春》的原剧本是否说话太多，"换面"也不少？有待考证，但李天济出身戏剧，所以"换面"指的是换景，而不是换镜头。据我所知，到了分镜时的剧本，早已和原作相距甚远。中国三四十年代的电影传统，正在于它和话剧的紧密关系，不少电影编剧和导演皆出身戏剧，但费穆是此中的"异数"，正在于他不受此限制，费穆非但有京剧的经验，而且深通古典诗词，又会法文，视野和涵养较同代影人高得多。所以他在一九四八年春第一次见到李天济，就念出苏东坡的一首词《蝶恋花》："墙内秋千墙外道，墙外行人，墙内佳人笑，笑渐不闻声渐杳，多情却被无情恼。"李天济也心有戚戚焉，将这首词一背到底（《电影的踪迹：中国电影文化史评》页277）。然而，费穆第一次见李天济时念这首《蝶恋花》的意义何在？它和《小城之春》的主题有什么关联？个中主题是什么？

第四部分 吃力不讨好——谈中国文学名著之改编

据李天济自己的回忆,费穆以为这个剧本写的是爱情,李却脱口说是苦闷,"我自己的苦闷"——一种苦无出路的困境:"所以,最后我才让志忱(即故事中的男主角,已婚之妇玉纹的当年恋人)丢开一切,走向光明……"(《电影的踪迹:中国电影文化史评》页278)但又不能故意"装个光明尾巴",只是情绪。我读来故事像是另一个《少年维特的烦恼》,是五四文学中的俗套,如果影片只把这种年轻人的苦闷情绪发泄出来,它可以成为不朽名片吗?西洋文学史上也只有哥德的这部作品,此后的各种改编和模仿作品皆不成器。中国电影史上,也只有一部《小城之春》,受其影响的《董夫人》(唐书璇导演,1970)尚可一提,但二〇〇二年田壮壮重拍的同名之作就几乎乏善可陈了,尽管该片的编剧之一是才华横溢的阿城。

费穆的美学涵养,远远超过李天济,他把苏东坡词中墙的意象发挥得淋漓尽致,不仅表现了"多情却被无情恼"的情绪,而且更展示了一种大战过后元气大伤的颓废气氛美学;换言之,这是一种更成熟,也更富文化涵养的呈现手法,而且是用电影技巧和画面表现出来的。所以费穆在拍片时,要演员自然地进入情绪,而不是照背台词,甚至"用小纸片重写对白,然后发给演员,再拍"(《电影的踪迹:中国电影文化史评》页261)。即使是最后的结局,在这种电影美学的处理下早已把"走向光明"这种八股式的"光明尾巴"(也是三四十年代左翼电影的俗套)变了质,各位学者专家自有定论。

为了回应李苏女士,我不得不再拉拉杂杂地扯一些"题外话",目的只是为了说明改编的艺术并不简单,《小城之春》的剧本最多只提供了一个躯壳,而将之脱胎换骨的始终是导演费穆。

打破经典之光环

"改编"的意义就是把原著脱胎换骨,并赋予新的意义和形式,它是一种创意,而并非照搬。所以在有关李安改编张爱玲《色·戒》的争论中,我也是从这个观点出发的。

近阅香港文化杂志《瞄》中一篇 Adam Chan 写的评论文章,观点与我相同,陈先生在文中比较此次在香港艺术节上演的两出戏:《奥菲尔 X》(*Orpheus X*)和《改造情人》(根据美国剧本 *The Shape of Things*),前者是原创味强的改编希腊神话,后者却是翻译后的再重演(remake)。然而,此剧译成普通话或广东话后,照样也有创意。

根据经验之谈,往往文学原著愈差,改编起来却愈容易有创意,因为不会受到太大的"影响焦虑",相反,如果原著本来是经典名著,而且"光环"盖世,改编起来就压力大了,李安的《色·戒》拍得吃力而不见得到处讨好,就是受了张爱玲盛名之累。张迷们早有先入为主的印象,所以我主张改编时要打破光环。

为什么莎士比亚的经典名剧几百年来被改编了无数次,而且能够横跨古今文化和种族的时空?近年在香港较成功的例子,是我曾谈过的《奥赛罗》,还有刚刚于二〇〇九年演完的港版《泰特斯2.0》(*Titus Andronicus*,邓树荣导演)。莎翁名著的不朽之处,是他为各种人性提供了千变万化的艺术"框架",本就意义深刻,而且其语言读来铿然有声,即便以文本照读,依然是伟大的文学,当然演起来看得更过瘾。

文学是语言的艺术,而电影除了语言之外还有画面。有声电影发明以后,音画对位或互动的艺术更为复杂,并非单单照念台词拍出影像那么简单。文学引人幻想,电影尤然,唯所用的媒介不同:毕竟文学的语言较为间接,而视觉的语言似乎直接一点,但又并不尽然,因为写实主义小说往往从"约定俗成"的文体中让读者产生一种现实的印象;写实主义的电影尤然,好像只不过是加上剧情的纪录片,其实当纪录片经过剪接后,其产生的音画效果也会和现实的时空秩序相距甚大。电影的叙事结构,是不能用同样的小说结构表现出来的,因为文字语言不受镜头的限制。如果原著文学作品不是反映现实,而写的是历史题材,问题就更复杂了。

气氛和细节：
张爱玲小说的改编问题

一、我写过数篇关于张爱玲和电影的文章，说的都是她如何把荷里活影片改编成自己的电影剧本或她的作品中借鉴西片的地方，但是最明显的一个题目却忽略了——那就是她的作品被拍成的电影。也许这个问题太熟悉，研究的人也很多，而且答案也是固定的：当然原作超过影片好多，所以我一向提不起兴趣。

直到李安的《色·戒》影片在港公映，我看了三遍，直觉改编后的影片比原著丰富得多（而中文原著又比英文原著好），并为此写了一本小书《睇〈色·戒〉》，对之刮目相看。当然也有论者和张迷不同意我这个观点，认为影片还是没有原著好。

《色·戒》所引起的激烈争论不禁使我想到这个老问题：为什么以前拍过的改编自张爱玲小说的电影都不理想？

如果不计张爱玲自己写了剧本，及拍成电影后又根据影片改写的小说《不了情》（影片甚差，小说甚佳），也不计侯孝贤根据张爱玲改编的《海上花》而拍成的电影杰作，我所看过的张氏小说影片共有四部：但汉章导演的《怨女》(1988)、关锦鹏导演的《红玫瑰与白玫瑰》(1994)、许鞍华导演的《倾城之恋》(1984)和《半生缘》(1997)，数量其实不多，可能又是在张爱玲"传奇"的光环笼罩下，大家都知难而退吧。硕果仅存的这四部中，但汉章的《怨女》(即中篇小说《金锁记》，我早年看过，现在印象模糊，不能置评，其他三部皆为香港产品，加上来自台湾的李安，似乎大陆影界交了白卷，除了政治原因外，我想张爱玲的细腻文笔看来不适合第五代导演如张艺谋和陈凯歌的作风，它的"乡土感"不浓，而当年上海的都市风情也和今日兴起的大上海大异其趣。看来"老上海"似乎更能引起港台文人和艺人的兴趣，海外的"怀旧"和乡愁自与内地不同。

这当然是一种粗略的概括。值得细谈的反而是如何表现张所独有的文化感受(sensibility)和风格，如何将之转变成视觉语言的问题。张爱玲的文学风格，早有研究者论述甚详，我的观点是，其特色有二：对话和叙述口气(narrative voice)，后者更包括她所独创的一种既世俗又有点寓言意味的文字，以不出场的旁观语气来叙述，但又可随时进入角色内心世界，是一种"间接自由体"，任意驰骋，这又如何用电影的语言表现出来？如果用旁白过多，观众可能受不了，但电影的开麦拉最多只能捕捉细节，却无法把张爱玲精心雕琢出来的意象，例如《封锁》中的第一段末尾："'叮玲玲玲玲玲，'每一个'玲'字是冷冷的一小点，一点一点连成了一条虚线，切断了时间与空间。"

意象非常生动，但又如何把电车的铃声转化为"冷冷的一小点",或者用蒙太奇手法可以表现出来,但又如何"切断了时间与空间"?

这类音画相融的场面比比皆是,用叙述的文字可以营造出来,但纯靠视觉语言则有所不足,譬如:"人声逐渐渺茫,像睡梦里所听到的芦花枕头里的窣窣",又是音画融在一起,如果影片中全部略去不顾,则气氛(mood)全失,而我认为拍张氏小说首重气氛,否则就味道不足了。

小说中的对话,电影或可照搬,然而人物说的应该是上海话或上海式的官话,而不是标准北京口音。香港影片都是用广东话,语言上隔了一层,只有靠观众的想象力(或是既通粤语又熟悉上海话的人)才可体会对话中的妙处。当然,还要加上荷里活三四十年代喜剧片(screwball comedy)中的那股俏皮和幽默,《倾城之恋》是一个最明显的例子。

这些"先决条件"已经设定重重难关,如何克服?我猜改编张爱玲小说的编剧家和导演最关心的都不是上述这些问题,而是原著中的"故事性",换言之,是否有足够的情节起承转合(所谓 plot twist),否则就需要加油加醋了。另一个关注点是人物是否有显著或引人入胜的个性。从这两个角度来揣测,这四部作品"入选",一点也不出奇。我个人最喜欢的张爱玲小说,除了《倾城之恋》之外,就是《封锁》,但至今似乎没有导演问津,因为内中人物平凡,更没有什么故事,只不过描写一对陌生男女在电车上的偶遇和内心的幻想,全是细节堆砌出来的,气氛、情调十足,语言更是无懈可击,但是还是不足以拍成两个小时长的剧情片。为什么没有人将之拍成半个钟头的电视剧或短片？再拍其他小说改编而成的短片，凑在一起，组成一部长片有何不可？又如她早期写的两篇小说——《沉香屑第一炉香》和《沉香屑第二炉香》，如果分成两部一小时的短片来拍，材料足够了吧，但至今未有人问津。张爱玲笔下的香港，充满异国情调，《第一炉香》尤其如此，小说开头所描写的那半山里的白色豪宅（却是高级妓院），四处都是鲜花：英国玫瑰〔令人想起那首英国民歌《夏日最后的玫瑰》(The Last Rose of Summer)〕、草坪一角的小杜鹃花，"花朵儿粉红里略带些黄，是鲜亮的虾子红"；而"满山轰轰烈烈开着野杜鹃，那灼灼的红色，一路摧枯拉朽烧下山坡子去了"。这类句子，也只有张爱玲可以写得出来，但是不能用电影的视觉形象表现出来。《齐瓦哥医生》(Doctor Zhivago)中那场春回大地、黄花遍野的场景，可以作为对照，但中国导演中谁有大卫·连的气魄？

这一连串的臆想，令我忘记故事情节的适用性(adaptability)，纸上谈兵，无济于事。

二、如果以影片实例来论的话，我的结论也相同。

关锦鹏的《红玫瑰与白玫瑰》非常忠于原著，甚至想出一个解决叙述语言的方法——干脆把张爱玲的句子以默片的字幕方式在银幕上映出来，然而事倍功半，显得多余。全片靠两位女主角的演技取胜，导演也着实在几场室内戏——包括"红玫瑰"娇蕊引诱振保的一场戏——下了功力，但整体的气氛还是抓不住，

不必然的对等:文学改编电影

况且不少振保心理的反应和一些窥试性的叙述细节,如初见面时"白玫瑰"烟鹂全身"笼统的白,她是细高身量,一直线下去,仅在有无间的一点波折是在那幼小的乳的尖端,和那突出的胯骨上",一向擅长拍"感官美学"镜头的关锦鹏,似乎也无法捕捉这种半新不旧的"sensibility",换言之,红玫瑰容易拍,白玫瑰则难矣。

许鞍华导演的《倾城之恋》一向为影评家所诟病。我觉得她拍得十分认真,甚至不惜搭建浅水湾酒店的模型布景,在美工方面耗资巨大,值得尊敬。然而故事中的浅水湾情节,特别是二人的机灵对话(repartee),乃来自荷里活喜剧片,表现和处理都需要一种"世故"(sophistication),这谈何容易?显然非当时的许导演所能胜任。如果她和编剧家岸西合作,重拍此片,说不定成绩会更好。我也曾为文指出,毛俊辉将之改编成歌舞剧的《新倾城之恋》,反而成绩斐然。香港不是没有这方面的人才,端看其艺术情操是否适合拍张爱玲的戏。李安《色·戒》中那一场加进去的男女初次幽会进餐镜头,配以布拉姆斯的钢琴曲,就气氛十足,颇有张爱玲味。那场布景也可以是浅水湾酒店。

我个人最重视的细节,就是浅水湾酒店旁的那堵灰砖砌成的墙。流苏靠在墙上,"一眼看上去,那堵墙极高极高,望不见边。墙是冷而粗糙,死的颜色。她的脸,托在墙上,反衬着,也变了样——细嘴唇、水眼睛、有血、有肉、有思想的一张脸。"真是传神之至!许鞍华也拍出墙的一组镜头,但我看来全不是味道。这是一幅极富象征意味的画面,也突出白流苏的强烈的生命力,在死一般的灰墙对照之下,也加添了一点神话色彩:就在这一刹那,一个平凡的上海女人显得不平凡,遂而触发范柳原出自真心的"地老天荒"句子,还有那句铭言:"有一天,我们的文明整个的毁掉了,什么都完了……也许还剩下这堵墙。"可见这一个细节极端重要。许鞍华大意了,反而在英军驻守浅水湾与日军血战的那一段戏用尽功夫,但效果不好,我觉得有点劳民伤财。

拍《倾城之恋》可谓吃力而不讨好,但拍《半生缘》时,许鞍华就游刃有余了,因为故事本身是长篇小说,近似"通俗剧"(melodrama),张也故意用通俗的方式来写,情节在影片中得以施展,而且导演把几场写实的细节——如接电话——处理得恰到好处。黎明饰演的男主角世钧和梅艳芳与吴倩莲饰演的姐妹都恰如其分(相形之下,《倾城之恋》的周润发和缪骞人并不适合)。然而,这部小说不能算是张爱玲的最佳作品。评者多认为《金锁记》——加长了变成《怨女》——才是真正的精品。可惜但汉章英年早逝,壮志未酬,其后再也没有人重拍,倒是最近有一出新编京戏《金锁记》在台北上演,据说成绩不错。

好的文学作品,对电影构成一种挑战,但电影也不一定会注定失败。但愿海峡两岸新一代的编剧和导演再接再厉,从"祖师奶奶"的小说和散文中重拾灵感,不一定非在她的传记或传奇下手不可。说实话,我对于近来一窝蜂挖隐私式的"张迷"研究方式已经感到厌倦了。然而此风可能方兴未艾,随着《小团圆》和两本英文小说的中译——《雷峰塔》和《易经》——之后,可能烧到影视界,还会热一阵子。

借影像吸引年轻一代窥观历史：
看李仁港《三国之见龙卸甲》

香港导演李仁港是一个影坛的异类，他精研《三国演义》十数年，终于千辛万苦拍成《三国之见龙卸甲》（2008）。其实早在电影面世的三年前，他就写过一本同名的书，交由香港三联书店出版，我读后深佩其才气纵横，书中使用浅易文言文更见其对此题材之熟稔精炼。李仁港对《三国》众英雄中独钟赵子龙（赵云），而且是晚年的赵云。在《三国演义》的相关章节中描写并不多。单凭这一点就是创见，从这个独特的视野来看，整个《三国》的感觉也变了，李仁港还加上不少讨论生死和战争意义的哲学，但可惜在影片中未能全部发挥。

虚构与增删

看过此片的观众，可能对名模特儿李美琪（Maggie Q）演歹角——曹操的孙女曹婴——有意见，我认为是基于票房考虑，但是否也影响到赵子龙的英雄形象？一个老英雄在沙场上和一个年轻貌美的女郎打起来了，即使赵云武艺高强，胜了也不见得高贵，输了当然更不堪设想。至少，这一个在原小说中也没有出现的虚构女子，为影片正好添加了一点荒诞的色彩，说不定会讨好年轻一代的香港影迷。

我猜由于商业上的原因，电影中不少镜头也都被剪掉了，至为可惜的是赵子龙以老将身份向诸葛亮请命出师的部分镜头（这是李导演本人告诉我的），这是影片中的精华所在，此时赵子龙的心情是"生既无惧，死亦无憾！为谁而活，为何而战？"这种悲剧精神，乃《三国演义》原著所无。然而真正洞识天机但仍尽人事的，我认为还是诸葛亮，在片中的关键时刻，这两个蜀国忠臣真是棋逢对手（而非敌手）！我个人感到遗憾的是：李仁港在小说和影片构思中对诸葛亮这个角色并不看重，也许是为了避免重复另一部"三国"电影《赤壁》，也许是李仁港并不像我如此喜欢诸葛亮，他认为年轻的诸葛老谋深算，城府甚深，甚至觉得那篇著名的《出师表》的文笔也被后世人过誉了。见仁见智，我尊重李导演的看法。

叙事者不同说书人

李仁港《三国之见龙卸甲》（书和影片）的另一个特点是特意加进一个虚构出来的叙事者，并把这个大时代的小人物作为赵子龙一生汗马功劳的见证人，可是最后却出卖了他，我个人觉得这个叙事者安排有时未免画蛇添足，而且以大明星洪金宝来饰演这个角色，怎么看都不像是一个小人物。这个叙事者的角色绝对是受西方影响后的现代产物，和中国古典小说中的"说书人"大不相同。也许这正是李仁港改编艺术的创意之处。

事实上，生活在二十一世纪的华人早已失去历史感，当今更需要电影的影像来提供历史的想象，我认为李仁港在此片中是做到了，虽然电影在叙事情节上尚有不足之处，但当中细致的美工和镜头（特别是慢动作的厮杀场面）的灵活，皆优美而出色。说不定从未读过《三国演义》的年轻一代，看了此片会第一次由电影影像进入历史，这未尝不是一件好事，至少总比从张艺谋的《十面埋伏》（2004）来窥视大唐盛世好得多。李仁港有如此成就，实在难能可贵。

后　记

　　民初的文人有一个喜欢看戏的传统,他们不单只看,更爱研究戏曲,当然也有一些人沉溺其中的,捧戏子的大有人在。到了三十年代,电影开始发展,由无声的演变到了有声,从美国的荷里活影响到了中国。舞台上的戏曲表演受到了冲击,看戏演戏都相应少了。原来喜欢看戏的人不一定改看电影,但是,许多以前不看戏的人,却被电影吸引住了。

　　欧梵从来不是个戏迷,却是一个影迷。他告诉我他看的首部电影是《鹿苑长春》(港译《绿野恩仇记》,*The Yearling*,1946),那时他一家逃难到了南京——父母带他去看的。这部电影的男主角是格力哥利・柏(Gregory Peck)。前年我和欧梵一同在家欣赏了这部片子,他感慨地说:"唉！时间过得真快,转瞬间几十年过去了,我看这电影的时候,仍然是个幼童,如今已是白发苍苍的老翁了!"我很喜欢这部电影,尤其是男主角的俊俏更令我钟情。欧梵的慨叹是我对他的羡慕——才几岁大的小孩,就有机会看电影,而且是一部十分好看的电影。我想这童年的兴

不必然的对等：文学改编电影

趣，引发了他日后对电影的迷恋是其来有自的。到了大学期间，他更开始在报纸杂志里写影评，逐渐深入钻研，现在的这部书——《文学改编电影》更不是纯粹单靠兴趣而可以写成的，非要深度的学养不可。

学养这东西，需要逐渐累积下来。欧梵是个学者，他对于任何学问都持有锲而不舍的研究精神。一般人认为电影这门子被当作消遣的玩儿而已，而他却本着追求学问的心态来看待它。几十年下来，他看过的电影可算是不计其数，对于他少年时代看过的，他可以如数家珍地告诉我，这套片子谁是导演、男女主角是谁，连情节也记得一清二楚，多年后重看、三看，更加是体验良深了。他之能把导演和演员的名字一一记得，是他有意把他们姓甚名谁刻意背诵下来的吧？

在我来说，看电影只看它的情节，遇到剧情感人的，我会泪流满脸，欧梵总在旁边安慰我说："老婆不要哭，这只是演戏而已。"我知道演员在演戏，但是我是个普通而浅薄的电影欣赏者，而他欣赏电影的功力是我无法望其项背的。他时常有意无意地跟我分析电影里的镜头如何调动，又说故事并不太重要，最重要的倒是形式的表达，这当然是有深度欣赏能力者才说得出来的话。

近年来，他每天晚上，若在家里待着，一定看一至两出电影。他喜欢的电影并不限于荷里活电影，也有欧洲的、日本的和香港的。而且种类繁多：言情、科幻、武打，样样喜欢，唯独不爱恐怖片，偶然也陪我看一些专给小孩子看的温馨剧情片，看见我被剧

后 记

情感动得涕泪涟涟时,他会递来纸巾给我抹眼泪,我会不好意思地拥着他一笑,这时候真可说是我俩的温馨时光,看完往往怀着甜蜜的心情寻梦去。

自前年开始,他答应了香港三联书店的李安小姐写这本书后,对电影的痴迷简直到达了走火入魔的程度。白天他沉迷于阅读文学作品,翻箱倒箧的,把与电影相关的文学原著都找出来了,晚饭后,一定坐在电视机前看完一套又一套的经典电影,有的时候,一出电影有好几个版本,他无一遗漏地全部仔细地看完,有些拷贝甚至旧得模糊不清,他照看如仪,真是乐此而不疲。我这个专为剧情而看电影的人,看完了第一套版本,已没有耐性陪他看往后更多的版本了。他一人独自欣赏,仍然看得眉飞色舞,事后絮絮不休地跟我讲解电影中的细节,然后逐字逐句地写将下来,谁说他不是一个影痴?

这本书,可以说是一个老影痴的观影札记。

李子玉